GUSTAVE LANSON

DIRECTEUR DE L'ÉCOLE NORMALE SUPÉRIEURE

ESQUISSE D'UNE HISTOIRE

DE LA

TRAGÉDIE FRANÇAISE

Nouvelle édition revue et corrigée

AVEC UNE PLANCHE HORS TEXTE

PARIS

LIBRAIRIE ANCIENNE HONORÉ CHAMPION

Librairie de la Société des Anciens Textes Français

5 ET 7, QUAI MALAQUAIS, 5 ET 7

1927

ESQUISSE D'UNE HISTOIRE

DE LA

TRAGÉDIE FRANÇAISE

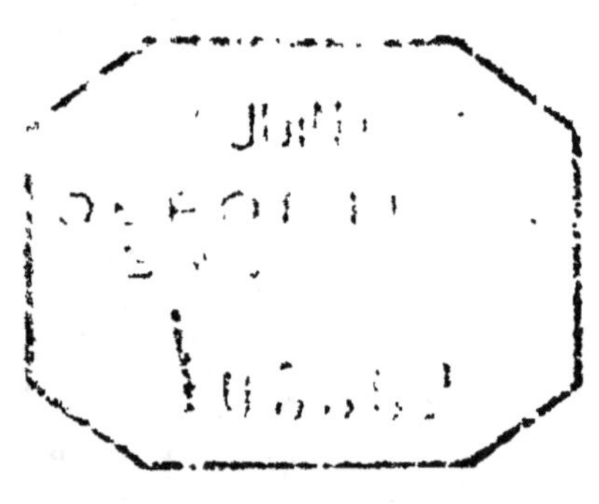

LA SCÈNE TRAGIQUE, d'après Serlio, de l'Architecture, l. II, traduction Jean Martin. Paris, 1545.

GUSTAVE LANSON

DIRECTEUR DE L'ÉCOLE NORMALE SUPÉRIEURE

ESQUISSE D'UNE HISTOIRE

DE LA

TRAGÉDIE FRANÇAISE

Nouvelle édition revue et corrigée
AVEC UNE PLANCHE HORS TEXTE

PARIS

LIBRAIRIE ANCIENNE HONORÉ CHAMPION

Librairie de la Société des Anciens Textes Français

5 ET 7, QUAI MALAQUAIS, 5 ET 7

1927

Les leçons dont on va lire le résumé, ont été professées en 1916-1917 à l'Université Columbia, à New-York. J'ai pensé qu'elles ne seraient pas sans intérêt pour les maîtres chargés, dans les autres Universités et Collèges des États-Unis, de faire connaître la littérature et la civilisation de la France, et qu'ils y pourraient trouver de quoi orienter leurs études ou exciter leur réflexion personnelle.

Je me suis donc volontiers rendu au désir du Président Nicholas M. Butler, qui a souhaité faire publier ces notes par l'imprimerie de l'Université Columbia. Cette édition a paru en 1920.

Elle est aujourd'hui à peu près introuvable en France; et l'on m'a plus d'une fois demandé qu'il en fût fait une édition à Paris. J'aurais préféré avoir le temps de rédiger l'ouvrage dont on ne trouvera ici que le sommaire. Je ne sais si j'en aurai jamais le loisir, ou si j'en aurai la force, quand le loisir me sera donné. En attendant, j'espère que, telles quelles, ces notes pourront rendre quelques services à mes collègues de l'enseignement, et aux lettrés désireux de mettre de l'ordre dans les impressions retirées de leurs lectures.

1er mai 1926.

PREMIERE LEÇON

INTRODUCTION. DÉFINITION DU TRAGIQUE.

(Les numéros entre parenthèses à côté des noms d'auteurs
renvoient au *Manuel Bibliographique* de G. Lanson,
nouvelle édition, 1925.)

I. POURQUOI L'ON A CHOISI LA TRAGÉDIE FRANÇAISE
COMME SUJET DE CE COURS.

 (*a*) Richesse du genre en chefs-d'œuvre.
 (*b*) Son importance sociale.
 (*c*) Difficultés qu'il présente aux étrangers.

II. BUT DU COURS.

 (*a*) Représenter l'évolution du genre.
 (*b*) Faire apparaître le rapport des œuvres tragiques à la vie.
 (*c*) Faire sortir les valeurs esthétiques. (Comment,
   par le sens historique, on peut ressaisir la
   grâce ou la beauté de certaines œuvres dont
   le temps a évaporé le parfum.)

III. ESQUISSE DE LA LITTÉRATURE DU SUJET.

En France, avant 1880, études de goût plutôt que
recherches d'érudition. On s'en tient en général aux
travaux du xviiie siècle.

> [Beauchamps (62); les Frères Parfaict (63); La
> Bibliothèque du duc de La Vallière (66), et même le
> très inexact Chevalier de Mouhy (8993).
> Pourtant quelques travaux particuliers très impor-

tants : les éditions de Corneille par Marty-
Laveaux (4917), de Racine par P. Mesnard (5725);
Despois (5249), etc.]

Travail de la science étrangère, et particulièrement
de la science allemande : Apport de matériaux; critique de la chronologie et des jugements traditionnels;
recherche des sources.

[Esquisse du développement de la tragédie,
d'Ébert (2767).
Le Suisse Breitinger, sur les unités (4885).
Sur Mairet, Rotrou, Théophile : Dannheisser
(4776-4777); Stiefel (4829 et 4833); Steffens (4832);
Schirmacher (3610)
Sur les origines du théâtre de la Renaissance :
Cloetta (2809).]

Réveil de l'érudition et des méthodes critiques en
France, dans ce domaine : 1889, par Eug. Rigal.

[Thèse sur Alexandre Hardy (2996). Esquisse
d'une histoire des théâtres de Paris de 1568 à 1600.
Le Théâtre Français avant la période classique (2773). De Jodelle à Molière (2773 S.).]

Le centre des études sur le théâtre des xvie-xviie siècles est ramené en France.
Activité de recherches et abondance de résultats.

[Thèse de J. Marsan sur la Pastorale dramatique (2965); de N. M. Bernardin, sur Tristan L'Her-
mite (4856), etc.]

Contribution de l'érudition des Etats-Unis.

[Thèses de Columbia : Spingarn (602); Dorothy
Canfield (4971); etc.
Travaux de H. Carrington Lancaster, sur la tragi-
comédie, sur P. du Ryer (2940 et 4844 S.).]

Ouvrages de synthèse et d'exposition générale.

[Creizenach (en allemand) (2768).
Lintilhac : inachevé. Ont paru : Le Moyen Age

et la Comédie, de la Renaissance au xix⁰ siècle,
5 vol. (2770).

Brutenière, Les Epoques du Théâtre français (4931).

Les chapitres de l'*Histoire de la littérature française* publiée sous la direction de Petit de Julleville (333).

Les chapitres de l'*Histoire de la Littérature française* de G. Lanson, éd. in-12 (331), et éd. illustrée parue en 1923.

Les chapitres de l'*Histoire de la littérature française illustrée*, publiée sous la direction de J. Bédier et P. Hazard.

L'Essai de G. Bapst sur l'histoire du théâtre en France, pour le matériel de la scène (2769). Cf. Manuel Bibliographique, 1⁰ P., ch. 16; 2⁰ P., ch. 9 et 17; 3⁰ P., ch. 5 et 6; 4⁰ P., sec. 1, ch. 7; sec. 2, ch. 15-17 et 25.]

IV. Qu'est-ce que le tragique?

[Cf. J. Volkelt, *Aesthetik des Tragischen* (n⁰ 4889).]

On ne peut se contenter de le définir par ce qui est commun à toutes les tragédies. Il y a du tragique sans la forme de la tragédie, et des tragédies sans tragique.

Quelle émotion spécifique la forme de la tragédie était-elle destinée à exprimer chez les Grecs qui l'ont inventée?

Le *tragique*, chez les Grecs, était le spectacle et l'émotion (*crainte* ou *pitié*) de la misère humaine; mais de la misère créée par les conditions essentielles de la vie, par la mystérieuse violence de la destinée, par le jeu souvent ironique d'une force, incompréhensible, divine, qui confond l'homme et l'écrase.

L'émotion tragique est, par essence, poétique, lyrique, religieuse (mystique, métaphysique).

Distinction du *tragique*, du *pathétique* et du *dramatique* : A l'aide de l'exemple de la statue de Mitys dans la *Poétique* d'Aristote. Un homme est écrasé par

la chute d'une statue : C'est *pathétique*. Il lutte un
moment contre la masse qui l'écrase; il y a quelques
secondes d'espoir et de crainte alternés : C'est *dramatique*....La statue est celle de Mitys; la victime est le
meurtrier de Mitys. Si l'on admet que ce n'est pas
par hasard, c'est *tragique*.

> [Ainsi le *pathétique* naît de la souffrance et de la
> plainte; le *dramatique* résulte du conflit, de l'incer-
> titude, de l'attente anxieuse : le *tragique* est la ma-
> nifestation, dans un cas douloureux, des limites de
> la condition humaine et de la force invisible qui
> l'étreint, justicière ou capricieuse.
>
> Il y a du pathétique sans tragique, du dramati-
> que sans tragique. Le tragique, toujours pathéti-
> que, n'est pas nécessairement dramatique, il l'est en
> proportion de l'incertitude et de la lutte qu'il con-
> tient.]

Par cette notion du *tragique* nous pourrons
  (*a*) discerner dans quelle mesure la tragédie fran-
       çaise est tragique, et comment elle a sup-
       pléé au tragique;
  (*b*) découvrir du tragique avant et après la tra-
       gédie, dans les œuvres dramatiques du
       moyen âge ou du xixᵉ siècle.

4

DEUXIEME LEÇON

LA TRAGÉDIE ET LE TRAGIQUE AU MOYEN AGE

I. Survivance d'une notion de la tragédie antique a travers le moyen age.

Elle est issue principalement de trois passages de Diomède, Donat, et Boèce, que tous les compilateurs, faiseurs de gloses, de sommes et de vocabulaires ont commentés, copiés, délayés pendant des siècles.

> [A consulter : Cloetta, t. i, p. 17, 29 et 30 (2809) ; *Histoire littéraire de la France,* t. xxii, notices sur Vital de Blois et Guillaume de Blois.]

Quatre caractères de la tragédie : Historique (la légende équivaut à l'histoire)—Royale—Sanglante—Elevée de style. (Les deux derniers importent surtout.)
On oublie la nature de la représentation dramatique, le jeu scénique. On appelle *tragédie* ou *comédie* toute narration mêlée de dialogues.

> [Dante.—F. Le Ver (cité par F. Didot, *Orthographie française,* p. 103).]

Les Eglogues de Virgile sont reçues pour poèmes *dramatiques.*
Rareté des essais tragiques en vers latins dans la France du moyen âge.

> [Guillaume de Blois, et quelques autres (Cloetta, t. i, pp. 120-127).
> Peu d'intelligence du tragique et du dramatique

dans ces essais; contes épiques ou anecdotes san-
glantes.]

II. Le tragique dans le théâtre populaire.

Caractère essentiellement tragique du drame chrétien : chute et rédemption de l'homme; mystère de la
grâce; action de la providence élevant et renversant
l'infidèle, éprouvant et récompensant le fidèle.

> [A consulter : Petit de Julleville; Lintilhac.
> Textes publiés des mystères, miracles et moralités.]

Scènes tragiques du théâtre sacré.

> [Représentation d'Adam.
> Le drame de l'Epoux ou des Vierges sages et des
> Vierges folles.
> Le débat de Miséricorde et Justice dans le *Mystère
> du Viel Testament*.
> Le débat de la Vierge et du Christ dans les *Pas-
> sions* de Gréban et de Jean Michel.
> La révélation de la misère humaine à Josaphat
> dans le *Mystère du Roi Advenir*.]

Pourquoi le caractère tragique du théâtre sacré n'ap-
paraît-il que dans des scènes rares et clairsemées, et
souvent dans des indications sèches et rapides?
(*a*) Influence de l'auditoire populaire qui demande
et qui oblige à développer :
(1) l'émotion brutale des souffrances physiques;
(2) la variété des aventures;
(3) les types burlesques, les dialogues facétieux et
les épisodes comiques;
(4) les scènes réalistes où il retrouve sa vie.
La haute spiritualité, le sens profond, la poésie et le
tragique des sujets sont souvent étouffés.
(*b*) Mais, en outre, inconvénient littéraire de la foi
naïve et absolue.
La Parole de Dieu, l'Eglise son interprète, rendent
la vie claire, n'y laissent ni obscurité ni poésie, du

moins pour notre peuple d'esprit net et pratique. Les mystères de la foi n'embarrassent que les penseurs. La religion de la foule est limpide, sans doute et sans inquiétude, comme sans profondeur.

Le surnaturel est attendu ; le miracle va de soi.

On étale les effets multiples, singuliers, amusants ou émouvants de l'action divine, plus qu'on ne fait réflexion sur le mystère des jugements divins.

Comme Dieu triomphe toujours, le drame finit toujours bien. Même les martyrs sont heureux, puisque la mort les introduit à la vie éternelle. Le dénouement tragique n'a plus lieu, ni, dans le dénouement sanglant, le frisson tragique.

Les pièces tournent ou au déploiement d'accidents émouvants, ou à la démonstration des vérités morales. Evanouissement de la poésie en même temps que du tragique.

C'est ce qui permit aux moralités pathétiques et morales de faire concurrence aux mystères.

> [Miracle d'*Amis et Amiles*.
> Miracle de l'*Abbesse grosse*—de *Guibour* qui fit étrangler son gendre ; etc.
> La première des moralités : le mystère de *Grisélidis*. Image de la bonne femme, fidèle, humble, dévouée, et qu'aucun mauvais traitement ne rebute.]

L'ancien théâtre allait, par l'évolution des mystères et le succès des moralités, vers un drame attendrissant et édifiant, prosaïque et pratique d'inspiration, aussi peu lyrique et aussi peu tragique que la comédie de La Chaussée et la comédie d'Augier.

TROISIEME LEÇON

LA NAISSANCE DE LA TRAGÉDIE FRANÇAISE

La *Cléopâtre* de Jodelle fonde la tragédie et le théâtre moderne en France.

C'est un commencement, mais le terme aussi d'une série d'efforts.

> [Ouvrages indiqués dans le *Manuel bibliographique* sous les nos. 2809-2829.]

Six étapes portent de la vague et inutile notion du moyen âge à la restauration de l'art antique.

> [G. Lanson, *L'idée de la Tragédie en France avant Jodelle*, Revue d'Histoire Littéraire, 1904.]

I. *Première Etape.* Le nom de tragédie (xivᵉ siècle, Oresme).

La notion médiévale s'affirme et s'enrichit, moins par Aristote—qui n'aura en France jusqu'à la fin du xviᵉ siècle que peu d'action—que par les éditions et commentaires de textes antiques, qui contiennent souvent un véritable cours d'art théâtral, de tragédie et de comédie.

> [L'influence et l'autorité d'Aristote établies en France par Scaliger, 1561, et par Castelvetro, 1570 (2847 et 2848) ; puis par la critique italienne de la fin du xviᵉ siècle et du début du xviiᵉ (autour du *Pastor fido*), et par Heinsius, 1611 (4891).]

Donat et Diomède sans cesse réimprimés sont con-

frontés avec Horace, Vitrúve, Térence, Sénèque; apport
de chacun de ces auteurs.

> [Editions de *Térence* (Josse Bade, 1504, Rouen;
> Robert Estienne, 1529, Paris; Jean de Roigny,
> Paris, 1552; Lyon, 1559; Paris, 1602); de *Sénèque*
> (Josse Bade, 1514); d'*Horace* (Josse Bade, 1529;
> Robert Estienne, 1533)'; d'*Euripide* (Gaspar Stibli-
> nus et Micyllu', Bâle, 1562), etc.]

II. *Deuxième Etape*. On retrouve la notion de la
représentation : Il n'y a de poésie dramatique véritable
et complète que sur le théâtre, par le décor et les acteurs.

Représentations, de pièces antiques à Rome et en
Italie, en Flandre, en Allemagne, en Angleterre.

> [Pomponius Lætus et ses élèves à Rome, vers 1470.
> *Hippolyte* de Sénèque, chez le Cardinal Raphael
> Riario.]

III. *Troisième Etape*. La révélation de l'art grec.
Difficultés de la langue et des textes. Seules agissent
les tragédies traduites : 8 ou 10 avant 1554.

> [Traductions latines.
> *Hécube, Iphigénie*, par Erasme, 1506, etc.
> Traductions italiennes.
> *Antigone,* par Alamanni, 1533 (dédicace du vo-
> lume à François I).
> *Hécube*, par Bandello (dédicace à Marguerite de
> Navarre), etc.
> Traductions françaises.
> *Electre*, de Sophocle, par Lazare de Baïf, 1537.
> *Hécube,* par Bouchetel, 1545.
> *Iphigénie,* par Sibilet, 1549.]

L'impression que la tragédie représente l'instabilité
de la grandeur et de la félicité humaines, qu'elle veut
des spectacles cruels et pitoyables, se confirme.

IV. *Quatrième Etape*. On écrit et représente des
pièces originales en latin.

[Dès le xiv⁰ siècle, tragédies de Muzzato, Loschi,
en Italie.
A la fin du xv⁰ siècle représentations à Ferrare et à
Rome de pièces de Landivio, de C. Verardi, de C.
et M. Verardi.]

Les premières tragédies imprimées en France sont
d'un Italien, Quintianus Stoa (G. Fr. Conti), attaché
à Anne de Bretagne.

[*Theoandrothanatos* (Passion, écrite dès 1508, im-
primée 1514).
Theocrisis (Jugement dernier), 1514.]

Dialogues de Ravisius Textor (moralités latines),
jouées au collège de Navarre, de 1501 à 1524.
Le *Christus Xylonicus* (Passion) de Barthélemy de
Loches, 1529.
Il n'y a dans ces essais que le style, la rhétorique.
La forme et l'esprit de la *tragédie* grecque appa-
raissent avec Buchanan—

[*Médée, Alceste, Saint Jean Baptiste, Jephté :*
tragédies jouées au collège de Guyenne entre 1539
et 1545—deux traductions, deux pièces originales.]

et Muret—

[*Julius Cæsar tragœdia,* jouée à Bordeaux vers
1546, impr. 1552 ou 1553.]

Importance de Muret qu'on trouve successivement à
Bordeaux, à Poitiers, à Paris.
V. *Cinquième Étape.* Révélation et diffusion en
France d'un art italien original.
L'Italie crée une tragédie en langue vulgaire.

[Trissin, *Sophonisbe,* 1515. Jouée (?) devant
Léon X ; impr. 1524.
La *Rosmunda* de Ruccellai, non jouée : impr. 1525.
Représentation éclatante de l'*Orbecche* de Giraldi
Cinthio à Ferrare en 1541.]

10

Qu'en a-t-on connu en France?

Livres italiens circulant en France; Français voyageant en Italie.

Mais surtout l'art scénique italien pénètre en France.

[Par les comédiens italíens; par les architectes et décorateurs engagés au service de François I (Serlio).]

Entrée de Henri II et de Catherine de Médicis à Lyon. Représentation, le 28 septembre 1548, de la *Calandria* de Bibbiena. C'est une comédie, mais c'est l'art antique qui est pour la première fois offert à la cour de France dans une imitation originale.

[Brantôme, ed. Lalanne, vol. iii, p. 256.]

VI. *Sixième Etape.* Le dernier pas sera vite franchi.

Le *Plutus* de Ronsard n'est qu'une traduction (1548) : on le joue au collège de Coqueret, sans doute sans éclat.

Le *Sacrifice d'Abraham* de Théodore de Bèze (1550) a probablement été joué à Lausanne; mais c'est hors de France, et la pièce n'a pas forme de tragédie.

Jodelle fonde la *tragédie* par la représentation de *Cléopâtre captive.*

Valeur surtout symbolique de cette manifestation.

[A l'Hôtel de Reims devant la cour (fin 1552 ou 1553); au collège de Boncour devant les humanistes (début de 1553).
(Cf. Etienne Pasquier, *Recherches*, vii, 6).]

Mais désormais les tragédies se multiplient.

La succession chronologique n'indique pas une continuité réelle. Incohérence et dispersion des efforts; îlots de culture nouvelle au milieu de la civilisation indigène et traditionnelle, encore vivace.

Cependant, peu à peu des pièces s'ajoutent aux pièces, et la tragédie va disputer la place dans toutes les provinces à l'ancien théâtre.

QUATRIEME LEÇON

QUELQUES TRAGÉDIES
DE JODELLE A MONTCHRÉTIEN

Je ne ferai pas en détail l'histoire des auteurs et des œuvres, ni l'étude des problèmes particuliers.

> [Voir le catalogue des pièces avec les analyses dans la *Bibliothèque du théâtre français* du duc de La Vallière. (*Manuel Bibliogr.* 65) ; cf. aussi Creizenach (2768), Faguet (2771).
> Textes et études diverses (2862-2913 et 2995).]

J'étudierai les problèmes généraux les plus importants ; mais d'abord il faut, par la lecture des principales œuvres, essayer de se donner l'impression de ce que les meilleurs auteurs ont réalisé. Sur cette impression doit s'appuyer la discussion des problèmes relatifs à l'art tragique du xvi° siècle.

I. *Cléopâtre Captive*, de Jodelle, fin 1552 ou début 1553. Œuvre médiocre dont il est bon d'étudier la coupe et les partis-pris.

II. *La Mort de César*, de Jacques Grévin, jouée au collège de Beauvais en 1560 (n. s. 1561).
Comment il a modifié la tragédie de Muret.

III. *Saül le furieux*, de Jean de la Taille, écrit dès 1562 ; impr. 1572.

IV. *David combattant, David triomphant, David fugitif*, de Louis Desmasures : *Tragédies Saintes*, impr. 1566.

La première partie, *David combattant*, mérite surtout d'être analysée.

V. *Hippolyte*, de Garnier, 1573.

VI. *Les Juives*, de Garnier, 1580.

VII. *L'Ecossaise*, de Montchrétien, 1601.

Voilà sept pièces où l'on peut prendre une idée, et la meilleure idée, de la tragédie française de la Renaissance, telle que l'école de Ronsard l'a conçue, et de ses diverses espèces.

Il faut les lire pour juger comment l'intérêt des sujets est traduit par le style et les mètres.

Caractéristiques individuelles. Jodelle manque de talent. Grévin et de la Taille médiocres écrivains, assez gauches. De la Taille a un véritable instinct dramatique. C'est le plus homme de théâtre de tous. Simplicité large, éclat sincère de Desmasures.

Eloquence nerveuse, pathétique puissant dans la rhétorique surabondante de Garnier ; goût excessif, mais souvent heureux, de l'antithèse.

Sensibilité touchante de Montchrétien, non sans mignardise et mollesse : lyrisme abondant, souvent frais et délicieux.

Pour sentir le progrès réalisé dans le passage des Mystères à la Tragédie (ou, si l'on veut, le changement), comparer *Saül le furieux*, ou mieux *David combattant*, aux parties correspondantes du Mystère du *Viel Testament*.

> [Pour *Saül,* Viel Testament, vers 30.372—30,866, t. iv, p. 145 et suiv.
> Pour *David*, Viel Testament, vers 29,490—30,117, t. iv, p. 105 et suiv.]

Cette comparaison fait apparaître le caractère *artistique* de la tragédie, et comment le *style* y devient le moyen principal de l'art.

(*a*) Ce n'est plus l'histoire sainte en images, mais une *idée* préside à l'usage des données de la Bible et organise l'œuvre tragique.

(*b*) Le dialogue n'est plus réduit aux paroles nécessaires pour expliquer le tableau, la gesticulation et les mouvements des acteurs; mais on y trouve un *style*, c'est-à-dire la recherche d'une beauté spéciale dans l'emploi des mots, et l'utilisation du langage pour faire apparaître les mouvements cachés de la vie intérieure.

Moins de vie, de mouvement, de réalité; mais plus d'art, plus de pensée, plus de poésie.

CINQUIEME LEÇON

L'ART TRAGIQUE DE LA RENAISSANCE FRANÇAISE
CONCEPTION ET STRUCTURE DE LA TRAGÉDIE

L'idée de la tragédie française du xvi⁰ siècle se tire (a) des écrits théoriques.

> [*A consulter :* Faguet (2771); Rigal (2772 et 2996).
> *Art Poétique* de Jacques Peletier, 1555.
> *Brief Discours* de Jacques Grévin, 1561.
> *Avant parler* de Rivaudeau, 1566.
> *Art de la tragédie* de Jean de la Taille, 1572.
> Diverses Préfaces.—(Vauquelin de la Fresnaye, 1605, vient trop tard).]

Mais ne pas s'en exagérer l'autorité ni la diffusion. Les Italiens même seront bons à consulter; ils ont eu une action en France, et d'ailleurs, dans les grandes lignes, ils interprètent l'antiquité selon le même esprit que nos poètes et nos théoriciens; mais ils sont plus occupés d'Aristote.

> [Scaliger, 1561. Castelvetro, 1570. **Sur les théo-**
> ries françaises et italiennes cf. *Manuel bibliogr.,*
> nos. 2830—2861.]

(b) Mais surtout des œuvres.

I. Absence de psychologie, de conflit dramatique, et d'action (intrigue); rares et fortuites apparitions de ces trois intérêts.

> [Cf. Jodelle, *Cléopâtre captive;* Grévin, *Mort de César;* Garnier, *Marc Antoine* et *Hippolyte;* Mont-
> chrétien, *Ecossaise.*]

15

Erreur de croire au développement continu et rectiligne de la tragédie, de *Cléopâtre* à *Athalie* (Faguet).

Erreur de considérer la tragédie de la Renaissance
comme une tragédie classique mal faite, procédant de
la même conception que celle de Racine et de Corneille,
et n'ayant besoin que d'être améliorée.

Jean de la Taille a une place à part, mais ne fait pas
école. Cependant même chez lui, malgré un fragment
curieux de son *Art du théâtre*, la conception de l'intérêt tragique n'est pas celle de nos grands classiques.

Au xviᵉ siècle, *action* s'oppose à *récit*, simplement; et
signifie la « distribution par personnages. »

La tragédie est la présentation d'un *fait tragique* à
l'aide d'acteurs.

II. Qu'est-ce que le *fait tragique?*

Des œuvres grecques et de Sénèque, éclairant la tradition des grammairiens, on tire que le *fait tragique*
est le spectacle d'une misère extrême, atroce, inhumaine,
d'une grande victime écrasée par la fortune ou par la
cruauté d'un tyran.

> [Jean de la Taille, *Art de la tragédie,* confirmé par
> tous les textes et la pratique commune.]

L'amour n'y est reçu que forcené et monstrueux.

C'est la conception italienne; analyse de quelques
œuvres caractéristiques :

> *Rosmunda,* de Ruccellai.
> *Orbecche,* de Giraldi Cinthio.
> *Canace,* de Sperone Speroni.

La conception aussi de l'Espagne et de l'Angleterre :

ESPAGNE : Virues, *Atila furioso;* Lupercio Argensola,
Alejandra; Cervantes, *la Numancia.*
ANGLETERRE : Th. Sackville et Th. Norton, *Gordobuc;*
The Tragedy of blood; Kyd, the *Spanish Tragedy.*

En un mot la conception générale de la Renaissance.

Différence : la tragédie italienne et française moins populaire, plus dominée par l'antiquité, donne moins de place aux événements, fait moins appel à l'horreur physique, interpose entre le fait atroce et le spectateur la poésie des discours.

Rapport de cette conception à la tragédie des Grecs. L'intérêt *tragique* proprement dit (ou *mystique*) fait place souvent à l'émotion mélodramatique des misères extraordinaires, survenant soit par l'inconstance de la fortune, soit par la malice des honmes : l'essentiel est l'écrasement de la victime, l'absence de lutte et d'espoir.

III. Choix des sujets tragiques.

(*a*) Pas de sujets entièrement inventés.

(*b*) En général, pas de traductions des Anciens ni des Italiens. (Raison : le principe de l'imitation.)

> [Cf. Du Bellay, *Défense,* I chap. v et vi.]

Il y en a pourtant parfois.

> [La *Médée* de La Péruse ; l'*Agamemnon* de Toustain ; l'*Hippolyte* et la *Troade* de Garnier ; les *Sophonisbes,* de Saint-Gelais, de Mermet et de Montchrétien.]

(*c*) Exploitation des légendes antiques :
Homère

> [N. Filleul, *Achille;* Montchrétien, *Hector;* Champrepus, *Ulysse;* Bertrand, *Priam.*]

Ovide

> [P. de Boussy, *Méléagre.*]

(*d*) L'histoire surtout est le magasin des faits tragiques : ils sont à la fois extraordinaires et vrais.

(1) Histoire *romaine*—

> [*César* de Grévin ; *Porcie* et *Cornélie* de Garnier ; *Lucrèce* de N. Filleul, etc.]

17

(2) Histoire *grecque*—

> [Les *Lacènes* de Montchrétien; *Alexandre* et *Daire*
> de Jacques de la Taille; etc.]

(3) Histoire des autres peuples de l'antiquité (Asie,
etc.)—

> [*Panthée*, de C. J. de Guersens (tiré de Xénophon,
> *Cyropédie*).]

Exploitation de Tive-Live, Plutarque, etc.

(4) Histoire moderne et contemporaine—

> [La *Soltane* de G. Bounyn, 1561 (le fait est de
> 1553). *L'Ecossaise* de Montchrétien, 1601 (le fait
> est de 1587).]

(*e*) Tragédies *bibliques*.

Elles ne sont pas tant une survivance de l'ancien
théâtre que nées d'un scrupule des humanistes protes-
tants.

Les premiers auteurs de tragédies bibliques sont pro-
testants—

> [Buchanan; J. de la Taille (catholique plus tard);
> Desmasures; Rivaudeau.]

On ne fait pas de tragédies sur les *Vies des saints*
avant la fin du siècle.

Avantage des sujets bibliques pour l'expression tragique.

IV. La forme de la tragédie résulte de la conception
indiquée plus haut.

(*a*) Le fait est donné, non *produit* : matière à crainte
et à déploration. Caractère *lyrique* de cette tragédie.

Pourquoi elle se prolonge après le fait qui dans le
théâtre classique est dénouement.

> [Cf. *Porcie, Cornélie, Hippolyte, l'Ecossaise*.]

Les *trois moments* de la tragédie : *expectatio, gesta, exitus.*

[Donat, *Comm.* à la première scène des *Adelphes.*]

Le principe de commencer par se jeter *in medias res,* aussi près que possible de la catastrophe.

(*b*) Les deux types de misère tragique : une seule âme accablée des traits multiples de la fortune, un seul coup meurtrissant plusieurs âmes.

[Type d'*Hécube:* l'*Antigone* de Garnier; Amital, des *Juives.*—Type d'*Oedipe,* ou des *Troyennes: la Mort de César, Hippolyte,* l'*Ecossaise,* etc.]

(*c*) Le rôle principal est la victime, le personnage souffrant, non le personnage agissant.

[César; Cléopâtre; Didon; Hippolyte; Marie Stuart.]

Même, souvent, c'est le personnage meurtri par la mort de la victime.

[*Porcie; Cornélie;* Cratésiclée (dans les *Lacènes*).]

Large place donnée aux personnages purement sympathiques et dolents.

[Calpurnie, dans la *Mort de César;* Amital, dans les *Juives.*]

Femmes, mères, nourrices, dames d'honneur, etc., qui vont jusqu'à se tuer de douleur.

[La nourrice de Porcie.]

(*d*) Utilité et usage habituel des pressentiments, songes et visions, ombres, Mégère, furies, voyants, prophètes : moyens de créer la crainte dès le début ou de la renouveler si elle s'apaise.

[*Hippolyte; Mort de César; Cornélie; Marc Antoine; Hector;* les *Juives;* etc.]

(*e*) Enfin rapport de la structure apparente de la plupart des tragédies à la conception générale :

Abondance et longueur des monologues, des narrations, des descriptions et des chœurs.

Plus le sujet est atroce, plus on ne le montre que par l'intermédiaire des récits. Le *messager* personnage essentiel.

V. Les *Gordians et Maximins* du Président Favre (1589) : Imitation involontairement caricaturale de la tragédie de Garnier ; application outrée jusqu'à l'absurde des principes de l'art tragique de la Renaissance.

SIXIEME ET SEPTIEME LEÇONS

L'ART TRAGIQUE DE LA RENAISSANCE EN FRANCE
CONCEPTION ET STRUCTURE DE LA TRAGÉDIE
(SUITE ET FIN)

Tous les caractères précédemment indiqués s'enchaînent logiquement, la tragédie étant définie : *un drame pathétique qui tire l'émotion non de la vue directe du fait tragique, mais de la plainte des victimes.*

Mais à ces éléments s'en joignent d'autres qu'imposent seulement l'imitation des modèles antiques et le respect des règles antiques.

I. Importation du *prologus* de la comédie, qui vient se placer avant le « prologue » tragique des Grecs.

II. Hésitation courte entre le modèle grec et le modèle latin, sur deux points :

(*a*) La variété des mètres.

[Cf. Desmasures.]

(*b*) La coupe en 5 actes, ou en un nombre variable d'épisodes.

[Cf. Bèze, Desmasures, Saint-Gelais.]

Triomphe de l'art latin, et de l'uniformité.

III. La question des *unités*.

(*a*) *Unité d'action.* Réalisée presque automatiquement.

Cependant on admet *l'unité* d'une misère faite de plusieurs catastrophes frappant sur la même victime :

[Garnier, *Antigone*];

conception opposée au sens classique ultérieur.

(*b*) *Unité de jour.* Première règle conçue clairement d'après la *Poétique* d'Aristote. Elle est généralement observée, et on souligne ce respect.

[Jodelle, *Cléopâtre captive.*—Desmasures, *David Combattant.*—Rivaudeau, *Aman, Avant parler.*]

Cependant on y manque parfois

[G. Bounyn, la *Soltane.*]

ou bien on laisse la chose dans l'indécision .

[Garnier, *Porcie, Cornélie.*]

(*c*) *Unité de lieu.* Castelvetro, 1570, et Jean de la Taille, 1572, sont les premiers à la formuler nettement.

Mais elle est déjà pour Scaliger, 1561, une suite de l'unité de jour; et Rivaudeau, 1566, indique la tendance et l'interprétation qui triompheront au xviie siècle. Mais la majeure partie des poètes n'ont pas de doctrine nette.

Les questions ne se posent pas pour eux comme pour nos contemporains. Ils n'ont pas les mêmes préoccupations de réalité exacte.

Dans l'état embryonnaire des études d'archéologie théâtrale, le modèle grec ne se localise pas clairement.

Le poète français fait venir sur la scène les personnages dont il a besoin : il n'a pas souci de préciser le lieu. Tantôt il l'indique, quand sa source l'y invite, ou que la nécessité l'y force; mais souvent il ne l'indique pas.

Assez souvent le sujet suppose une pluralité de lieux.

Ne pas conclure que l'auteur a en vue le décor des mystères, la décoration *simultanée*.

> [Jodelle, *Cléopâtre captive*.—G. Bounyn, la *Sol-Tane*.—Garnier, *Porcie*.]

Mais une certaine pluralité de lieux est permise par le décor classique de Vitruve, tel que Serlio l'interprète. (Cf. le document reproduit en tête de ce volume; et G. Lanson, *H. de la Litt. illustrée*, t. I, p. 318).

> [*Cléopâtre*, les *Juives*, *Cornélie* s'y réduisent aisé-ment.]

Ou bien on laisse la chose—peut-être sans même y penser—dans l'indécision et la confusion.

IV. *Le chœur*.

Comment conciliable avec l'unité de lieu?

Est-il toujours présent? et comment est-ce compatible avec la vraisemblance?

Souvent, on mit des chœurs, sans se soucier d'autre chose, parce qu'il y en avait chez les anciens. Parfois on n'en indique même pas la composition.

Çà et là paraît le souci d'adapter le chœur à la personne en scène et au lieu : d'où le parti de mettre plusieurs chœurs différemment composés.

> [Deux chœurs dans *Didon, Porcie, Cornélie, David combattant*. [illegible]
> Trois chœurs dans les *Gordians et Maximins*, dans la *Clorinde* d'Aymard de Veins.
> Quatre Chœurs dans l'*Agamemnon* de Toustain, l'*Esther* de P. Mathieu, la *Franciade* de Godard.]

Liaison du chœur à l'action; chœurs chantants et chœurs parlants. Souvent aucune liaison.

Fonction du *chœur :* exprimer la *moralité* du fait tragique, en plaignant les victimes.

Autre fonction : séparer les actes; d'où pas de chœur, en règle générale, à la fin du ve acte; et au besoin sé-

parer dans le cours d'un acte les scènes qui supposent
un intervalle de temps, ou un changement de lieu.

Dès 1561, réflexion de Grévin sur l'invraisemblance
du chœur chantant.

V. Méthode de développement des sujets tragiques.
Pas de méditation personnelle des données propres de
chaque sujet. Application du principe esthétique de
l'imitation dans les deux procédés principaux de développement.

(*a*) Ramener le sujet aux situations d'une tragédie
antique, qu'on imite.

> [Buchanan, *Jephté* = *Iphigénie*.
> De la Taille, les *Gabéonites*, actes II et III
> = les *Troyennes* et *Hécube*.]

Procédé qui mène à réduire tout sujet à des clichés,
mais utile au début pour apprendre le métier.

(*b*) Etoffer les discours par l'imitation des plus beaux
passages des poètes tragiques, épiques, lyriques, élégiaques, etc., de l'antiquité, et au besoin de l'Italie.

> [Garnier, Montchrétien, et tous les autres.]

Exploitation de la Bible dans les sujets profanes et
de la poésie profane dans les sujets bibliques.

Les chœurs exploitent surtout les *Odes* d'Horace et
les *Psaumes*. Ces emprunts manifestent l'introduction
de la *rhétorique*, qui est *style artistique, logique passionnée*, vulgarisation des *idées générales*.

Catégories principales de ces idées générales :

(1) thèmes religieux et philosophiques sur la vie et
la destinée ;

(2) description des caractères et passions des hommes ;

(3) représentation des grands hommes et des grands
événements du passé ; ébauche d'une philosophie de
l'histoire ;

(4) lieux communs de morale.
Importance donnée au but *éthique* de la tragédie.

[Cf. Spingarn (602).]

(5) Lieux communs politiques.

[Amour de la patrie et de la liberté; tyrannicide :
Mort de César.
Responsabilité des rois; s'ils sont inviolables;
s'ils sont au dessus des lois : l'*Ecossaise*.
Maximes de gouvernement : clémence ou ri-
gueur? *Mort de César*, *Porcie*, les *Juives*, l'*Ecos-
saise*.
Horreur des guerres civiles : *Porcie*.]

Actualité de ces lieux communs au xvi° siècle.

[L'*Aman* de Montchrétien discute, au fond, la lé-
gitimité de la Saint-Barthélemy.]

Cependant tous ces lieux communs poétiques et moraux ont fait avorter la tragédie. Au lieu de créer de
la vie, on a enfilé des « morceaux choisis. »

VI. Au total, cette tragédie avortée a fait faire un
grand pas à l'art dramatique en France.

L'ancien théâtre (le matériel scénique à part) n'avait
eu ni tradition ni progrès : la tragédie introduit la
discussion des problèmes techniques, la conception d'une
forme régulière adaptée à une fin esthétique et morale, l'étude de *métier*.

Faut-il regretter l'abandon de l'ancien théâtre, la rupture de la continuité? L'emprunt de la forme et des
sujets antiques est commandé non seulement par l'esthétique, mais par le rationalisme de la Renaissance.

L'identité de l'esprit français s'affirme en faisant
évoluer dès le premier jour la tragédie, comme l'ancien
théâtre, vers l'accident pathétique et les moralités par-

ticulières, aux dépens du pur tragique. Les sujets historiques, et les sujets antiques traités comme tels, où
tout paraît humain, choc de volontés humaines, pré-
parent et favorisent l'introduction de la psychologie,
donc l'organisation du théâtre classique.

HUITIEME LEÇON

LA QUESTION DES REPRÉSENTATIONS
ET CELLE DE LA MISE EN SCÈNE

[*Représentations :* G. Lanson, *Comment s'est opérée la substitution de la tragédie aux mystères* (2811)—Rigal, (2772 et 2996).—Colbert Searles, (2872 bis.)—Marsan, (2965).—H. Carrington Lancaster, (2940).

—Petit de Julleville, *Les Comédiens en France au moyen âge* (2775); *la Comédie et les mœurs* (2776).

Mise en scène : G. Bapst, (2769)—Rigal, (2772, 2773, 2773 S, 2996, 2997, 2898 S)—G. Lanson, (2810 et 2811).—Haraszti, (2998).]

Les tragédies de la Renaissance ont-elles été jouées? Ont-elles été faites pour être jouées? Sont-elles jouables?

Thèse de Rigal (plus ou moins atténuée depuis son premier écrit) : Non.

I. Ces tragédies sont-elles *jouables?*

La question n'a pas de sens. Tout est jouable.

Elles étaient *jouables*, si elles ont été *jouées :*

Or elles l'ont été. _ Faits connus.

[Cf. la liste (devenue incomplète) des représentations de tragédies dans l'article de G. Lanson (2811).]

II. Celles même qui n'ont pas été jouées, ont souvent été écrites par des auteurs qui voulaient les faire jouer.

Tragédies jouées ou non jouées que leurs auteurs

n'impriment pas, parce qu'à leurs yeux, le *jeu* seul est essentiel.

> [Les tragédies de Jodelle, impr. 1574 seulement.
> *Adonis* de Lebreton, impr. 1574 seulement.
> . *Saül* de Jean de la Taille, écrit dès 1562, et gardé 10 ans.]

Garnier même pense à la représentation possible.

> [Avis en tête de *Bradamante*.]

Montchrétien fait jouer sa première pièce.

> [*Sophonisbe*, 1596.]

Prologues au public, très fréquents, et qui, s'ils ne prouvent pas la réalité de la représentation, attestent du moins qu'on y pense.

La notion de la *scène*, de la *représentation*, élément essentiel de la notion du théâtre antique, dès l'aube de la Renaissance.

> [Cf. la troisième leçon.]

Du Bellay (Défense, ii, 4) ne conseille de faire des tragédies et comédies que si l'on est assuré d'un théâtre pour les représenter.

> « Quant aux comédies et tragédies, si les rois et républiques les voulaient restituer en leur ancienne dignité qu'ont usurpée les farces et moralitez, je seroy bien d'opinion que tu t'y employasses. . . »
> Ce qui exclut l'idée de *traités* faits pour la lecture du cabinet.

III. Parmi les pièces imprimées, on en a joué plusieurs qui sont déclarées par des critiques modernes faites seulement pour la lecture.

> [Le *Marc Antoine* de Garnier, 1594, dans un couvent.
> Les *Juives*, en 1600, par des bourgeois en Angoumois.

28

L'*Ecossaise,* en 1603, à Orléans, par des comédiens.

Sans doute les *Gabéonites* de J. de la Taille en 1601, à Béthune, par des écoliers.]

IV. Mais il y a un point où Rigal a raison : les représentations de tragédies cessent vite à la cour et chez les princes, ou deviennent très rares.

[Après 1567, représentations de Châteauvieux devant Charles IX et Henri III (mais il a pu jouer les deux tragédies qu'on indique avant 1567, et, après 1567, des comédies et pastorales seulement). La *Cléopâtre,* à Champigny (Touraine), en 1579.]

Pourquoi?

Raison donnée par Brantôme : la superstition de Catherine de Médicis.

[T. vii, p. 346.—Cette raison alléguée aussi en Italie. Cf. Angelo Ingegneri, dans les œuvres de Guarini, Verone, 1737, t. iii, p. 484.]

Autres raisons : les frais ; et peut-être surtout, la tragédie à tirades ennuie.

V. Par qui la tragédie est-elle jouée?

(*a*) parfois par des princes, seigneurs et dames,

[La *Sophonisbe,* à Blois, 1556.]

(*b*) parfois par l'auteur et ses amis,

[Jodelle, Remy Belleau, La Péruse jouent la *Cléopâtre.*]

(*c*) le plus souvent par des écoliers des Universités et enfants des écoles.

[Cf. G. Lanson, *Catalogue des représentations* (2811).]

(*d*) Plus tard par des bourgeois,

[*Roméo et Juliette,* à Neufchatel, en 1581.]

29

(*e*) même par des confréries.

> [1582, autorisation donnée à la Bazoche de Paris
> de jouer une tragédie et une comédie dans la grande
> salle du Palais.
> 1596, le *Saint Jacques* joué à Limoges par la con-
> frérie du saint.
> Vers 1600, confrérie jouant les *Juives* en Angou-
> mois.]

Ne pas arguer de la qualité des acteurs pour nier que ce soient de vraies représentations, et un vrai théâtre. L'ancien théâtre n'a pas connu d'autres acteurs.

Importance particulière du théâtre scolaire au xviie siècle : c'est lui qui a acclimaté l'art nouveau. Il a joué le rôle d'un *Théâtre Libre*.

> [Cf. Gofflot (2820).]

(*f*) Enfin les comédiens se sont emparés du répertoire nouveau.

> [Dès 1556, 1561, 1567, à Amiens.—Châteauvieux,
> à la cour.—Des *joueurs de tragédie* à Saint Maixent
> en 1580.—Après 1590, les troupes nomades de Valle-
> ran et de Chautron.]

Pas de ligne de démarcation nette entre les écoliers et les comédiens.

> [« Ecoliers joueurs de tragédies, » arrivant à
> Saint Maixent en juillet 1581, et s'en allant ensuite
> ailleurs (2811).]

VI. La mise en scène des Tragédies.

> [Cf. sur les besoins du public et la direction de
> l'imagination des auteurs, Brander Matthews,
> *Shakspere as a Playwright*, ch. ii.]

Thèses contradictoires de Rigal et de Bapst. Chacun d'eux a raison en partie; l'erreur est d'avoir un système absolu et exclusif.

Rigal a raison sans doute de maintenir la continuité

d'une tradition entre le *décor simultané* des mystères et le *décor simultané* de l'Hôtel de Bourgogne. Mais probablement ce matériel appartenait aux Confrères de la Passion, à eux seuls.

Les premiers auteurs de tragédies eurent en vue la scène antique, l'agencement de la tragédie antique.

[Cf. le Prologue de l'*Eugène* de Jodelle.]

Les réalisations furent très inégales.

Dans les représentations de cour, somptuosité plutôt qu'exactitude de la mise en scène.

Sans doute décor inspiré de Vitruve ou de Serlio. Habits riches.

Partie musicale (chœurs et intermèdes) soignée.

[Cf. les *Théâtres de Gaillon,* de N. Filleul.—Marquis d'Aubais et Louis Ménard, *Pièces fugiti-ves* (pour le théâtre de Bayonne, 1565).—J. Madeleine, la *Province,* le Havre, sept.-nov. 1901 (pour le théâtre de Fontainebleau, 1564).]

Moindres ressources des écoliers et des comédiens.

Ils durent souvent se contenter des costumes, de la musique (plus ou moins), de quelques accessoires et praticables, et jouer sur une estrade sans décorations, généralement entourée de rideaux de trois côtés, parfois sans rideaux.

[Cf. les estampes reproduites par Bapst (2769).]

La tragédie se coulait comme elle pouvait dans le cadre qui lui était offert : elle se prêtait à l'inexactitude de la mise en scène, faisant porter l'intérêt sur les sentiments des âmes, non sur les circonstances extérieures des actions.

Ne pas exclure absolument, au début, l'idée d'une tragédie faite pour le *décor* simultané.

[Les *David* de Desmasures.]

Mais c'est d'abord une survivance accidentelle et très
rare, et lorsque cela devient plus commun, c'est une
autre époque de notre théâtre qui commence.

VII. Composition des représentations (cf. 2811).
Tragédie et comédie (ou pastorale).

> [*Cleopâtre* et *Eugène*—la *Mort* de *César* et les
> *Esbahis*—*Lucrèce* et les *Ombres*, pastorale, à
> Gaillon.]

Tragédie (ou comédie ou pastorale), et farce.

> [*Médée,* à Parthenay, 1572; *Hippolyte*, à Saint
> Maixent, 1576.]

Tragédie, comédie, et farce.

> [A Saint Maixent, 1578.]

Sur l'habitude de finir par la farce, divers témoi-
gnages.

> [H. de Barran, l'*Homme justifié par la foi*, **Au**
> lecteur, 1554.—J. Bodin, *Politique*, 1580, l. vi,
> p. 591.]

On retrouvera cette composition du spectacle au
xvii° siècle. Mais déjà au xv° siècle la farce suivait
le mystère.

APPENDICE

Voici une liste assez complète (sinon absolument complète) des tragédies régulières (c.a.d. construites sur le
type décrit dans les leçons 5 et 6)—de Jodelle à Montchrétien.

Représentation.	Impression.	
1552 ou 1553	1574	Jodelle, *Cléopâtre captive.*
	1574	————, *Didon.*

Représentation.	Impression.	
	1555	La Péruse, *Médée*.
	1556	Toustain, *Agamemnon*.
1556 (?)	1559	Mellin de Saint-Gelais, *Sophonisbe*.
1560 (n. st. 1561)	1561	Jacques Grévin, la *Mort de César*.
1561	1566	André de Rivaudeau, *Aman*.
	1561	G. Bounyn, la *Soltane*.
	1561	Fr. Le Duchat, *Agamemnon*.
	1563	Cl. Roillet, *Philanire*.
1563	1563	N. Filleul, *Achille*.
1566	1566	———, *Lucrèce*.
	1566	L. Desmasures, *Tragédies Saintes (David combattant — fugitif — triomphant)*.
	1567	Florent Chrétien, *Jephté*.
	1568	R. Garnier, *Porcie*.
	1571	C. J. de Guersens, *Panthée*.
	1572	Jean de la Taille, *Saül le furieux* (écrit dès 1562).
	1573	———, *Les Gabéonites*.
	1573	Jacques de la Taille, *Alexandre*.
	1573	———, *Daire*.
	1573	R. Garnier, *Hippolyte*.
	1574	———, *Cornélie*.
	1578	———, *Marc Antoine*.
	1579	———, *La Troade*.
	1580	———, *Antigone*.
(écrit en 1583?)		———, les *Juives*.
1580, 1582, 1585		Garnier, éditions collectives.
	1575	Fr. de Chantelouve, *La Tragédie de feu Gaspard de Coligny*.

Représentation.	Impression.	
	1576	————, *Pharaon*.
entre 1574 et 1578		
	1579	G. Le Breton, *Adonis*.
	1580	Adr. d'Amboise, *Holopherne*.
	1582	G. de la Grange, *Didon*.
	1582	P. de Boussy, *Méléagre*.
1583	1585	Pierre Mathieu, *Esther*.
	1584	Cl. Mermet, *Sophonisbe*.
	1585	J. Dumonin, *Orbec-Oronte*.
	1589	Pierre Mathieu, *Vasthi*.
	—	————, *Aman*.
	—	————, *Clytemnestre*.
	—	————, la *Guisiade*.
	1589	A. Favre, Les *Gordians et Maximins*.
	1589	Fr. Perrin, *Sichem ravisseur*.
	1589	Roland Brisset, *Thyeste*.
	—	————, *Baptiste*
	—	————, *Hercule furieux*.
	—	————, *Agamemnon*.
	—	————, *Octavie*.
(écrit en 1592)	1845	Luc Percheron, *Pyrrhe*.
	1594	N. de Montreux, La *Tragédie d'Isabelle*.
	1595	————, *Cléopâtre*.
	1594	J. Godard, *La Franciade*.
vers 1595 (?)	1596	Montchrétien, *Sophonisbe*.
	1598	J. Heudon, *Pyrrhe*.
	1599	G. Regnault, *Octavie*.
	1599	Aymard de Veins, *Clorinde*.
	—	————, *La Sophronie*.
	1600	Margarit Pageau, *Monime*.
	1601	N. de Montreux, *Sophonisbe*.

Représentation.   Impression.
                       1601   Montchrétien, *Tragédies :* La
                                 Carthaginoise (*Sopho-
                                 nisbe*) — *David* — *Aman*
                                 — l'*Ecossaise* — les *La-
                                 cènes.*
                       1602   Nicolas Romain, *Mauris.*
                       1604   Montchrétien, *Hector* (réuni
                                 aux tragédies précédentes).

Pour la dernière période, aux approches de 1600, on
peut hésiter sur le classement de certaines pièces, qui
sont irrégulières, mais avec quelque souci encore de la
régularité.

NEUVIEME LEÇON

LA VULGARISATION DE LA TRAGÉDIE
ET L'APPARITION D'UNE TRAGÉDIE IRRÉGULIÈRE
A LA FIN DU XVIᵉ SIÈCLE

I. Disparition de l'influence de la cour et de Paris pendant un demi-siècle (vers 1570-1620).

(*a*) Plus de représentations à la cour.

(*b*) A Paris le théâtre sacré est gêné par l'arrêt du Parlement de 1548, et le théâtre nouveau par le privilège des Confrères de la Passion.

II. Le développement se fait en province.

L'ancien théâtre y est vivant jusqu'au début du xviiᵉ siècle. (Erreur de le faire finir en 1548.)

> [G. Lanson (2811) ; Petit de Julleville (333, 2775 et 2776).]

Au début, séparation des deux formes d'art, des deux publics.

Mais de bonne heure la tragédie est offerte au peuple, et de plus en plus fréquemment.

> [De 1580 à 1600 autant ou plus de représentations de pièces appartenant au nouveau théâtre, que de mystères et moralités.]

Raisons :

(*a*) Obstacles croissants mis par les magistrats et le clergé à la représentation des sujets sacrés.

[Interdiction d'une tragédie sainte, à Tournai,
1595.]

Le répertoire profane de l'ancien théâtre est peu
abondant en pièces sérieuses et pathétiques.

(*b*) Facilité que le nouveau théâtre donne aux comédiens, par le petit nombre des rôles dans les tragédies.

(*c*) Prestige du théâtre à l'antique et de l'art italien.
Aussi voit-on de bonne heure les écoliers et les comédiens porter la tragédie devant le peuple.

[1555, à Béthune; 1556, 1561, 1567, à Amiens.]

Sans doute plusieurs de ces *tragédies* n'ont-elles que
le *nom* de *tragédie*, parfois les 5 actes ou la coupe
grecque.

[Pièce perdue : *La tragédie* (?) *ou l'histoire d'Abel
tué par Cain*, Parthenay, 1572. Pièces conservées :
Henri de Barran, *La tragique comédie de l'homme
justifié par foi*, 1554 (moralité théologique); Jean
Bretog, *Tragédie à huit personnages*, 1581 (moralité
sanglante); Thomas Lecoq, *Caïn*, 1580; Pierre
Heyns, *Jokebed*, 1580, *Judith*, 1585.]

Mais dans cette première période domine l'effort
pour soumettre les sujets sacrés à l'art nouveau.

[Cf. les *tragédies bibliques* de Desmasures, Rivaudeau, Jean de la Taille, Garnier,...Et la tragi-
comédie de *Daniel*, d'A. de la Croix, 1561.]

Au contraire, après 1580, le mélange de deux cou-
rants devient plus fréquent, et ce sont le goût et les
habitudes de l'ancien théâtre français qui s'imposent
à la tragédie et la déforment.

(*a*) Sans doute les comédiens qui colportent les deux
répertoires tendent à les confondre.

(*b*) Surtout le public n'accepte la tragédie de la Renaissance qu'à condition qu'elle lui donne du plaisir,
le plaisir auquel il est habitué.

De là une période de décomposition de la tragédie régulière qui n'a pas été suffisamment distinguée ni étudiée.

III. Caractères de la tragédie irrégulière qui se multiplie entre 1580 et 1615, et à laquelle correspond la *Poétique* de Laudun d'Aygaliers, 1598 (1892).

(*a*) Multiplication des sujets sacrés : sujets *chrétiens* maintenant, et non plus seulement *bibliques*.

Vies de saints, en rapport quelquefois avec les traditions de la piété locale.

> [Une *Passion*, 1594 (ou 1592)—Deux *Jeanne d'Arc*, 1580, 1603.—Un *Saint Sébastien*, et un *Saint Jacques*, 1596.—Un *Saint Clouaud*, 1599.—Une *Clotilde*, 1613.—Une *Sainte Agnès*, 1615.—De 1614 à 1620, diverses pièces, très grossières de facture, imprimées chez Abraham Cousturier.—Un *Saint Vincent* et une *Sainte Catherine*, 1618, etc.—Cf. *Bibliothèque du Théâtre français*, t. i (65).]

(*b*) Introduction des sujets *romanesques*.
Tragédies tirées de l'Arioste

> [N. de Montreux, Ch. Bauter.]

et du Tasse

> [Aymard de Veins.]

Tragédies tirées des nouvelles et des contes

> [Dumonin, du Souhait.]

et des romans ou récits romanesques de toute provenance.

> [J. du Hamel; Piérard Poulet; Le Saulx d'Espannoy; Etienne Bellone; N. Chrestien, sieur des Croix. J. de Schelandre, *Tyr et Sidon;* la *Tragédie mahumetiste*, 1612; *Axiane*, 1613; le *More cruel envers son seigneur*, 1613, etc.]

On prend à Plutarque des sujets pathétiques sans
caractère historique.

> [Jean de Hays, *Cammate*, 1598.
> Margarit Pageau, *Bisathie*, 1600.]

La vogue du roman influe sur la tragédie, et la
pousse à développer les éléments de surprise, d'horreur
et de pitié aux dépens de l'intérêt historique et moral.

(*c*) Le cadre des cinq actes est brisé parfois. (Le
système des *journées* ne prendra faveur qu'après Hardy).

> [7 actes dans *Cammate*, 1598; 4 dans l'*Hercules* de
> Mainfray, 1616.]

(*d*) Les chœurs disparaissent peu à peu.

> [Tragédies sans chœurs : *Pyrrhe*, de Luc Perche-
> ron, 1592; *Dalcméon et Flore*, d'Et. Bellone, 1600;
> *Ulysse*, de Champrepus, 1603; les tragédies de
> Mainfray, 1616-1621.
> Tragédies avec chœurs; *Tyr et Sidon*, 1608; *Al-
> boin* et *Henri le Grand* de Billard de Courgenay,
> 1610.]

Retour aux chœurs vers 1630. Mais les comédiens
les supprimaient avant 1615-1620.

> [Témoignages de Trotterel, *Sainte Agnès*, 1615;
> Boissin de Gallardon, *Tragédies et Histoires saintes*,
> 1618; Hardy, t. i, 1624.]

(*e*) Rejet, au nom du vraisemblable, des *utilités* de
la tragédie de Garnier : *Dieux, personnages allégori-
ques, ombres :*

> [Transaction admise par Laudun, *Poétique*, 1598.]

Acceptation des visions et des songes.
Mais on ne doute pas du merveilleux chrétien; et il
se multiplie. Anges, diables, miracles; morts ressus-
cités.

> [Bardon, *St-Jacques;* Laudun, *Dioclétian;* Trotte-
> rel, *Sainte Agnès.—La Perfidie d'Aman*, 1622, etc.]

(*f*) On met en action tout le sujet.

> [Batailles dans *Régulus*, de Beaubreuil, 1582, et dans *Horace*, de Laudun, 1596.]

Analyses de *Charité*, de Piérard Poulet (sujet épars); de *Cammate* (sujet épars), et des *Portugais infortunés* (spectacle bizarre et horrible).

(*g*) On abandonne tout à fait les unités.
Celle de jour;

> [Cf. Beaubreuil, avant propos de *Régulus;* Bertrand, *Priam,* 1605; Laudun, *Poétique,* 1598.]

—celle de lieu;

> [Bertrand, *Priam;* Champrepus, *Ulysse;* J. de Hays, *Cammate;* Margarit Pageau, *Bisathie;* Trotterel, *Sainte Agnès,* etc.]

Quoique beaucoup de pièces semblent exiger le *décor simultané*, ne pas conclure qu'elles aient été faites pour lui, ni qu'il ait été communément employé. Indices du contraire :

> [Beaubreuil, *Régulus*, 1582; La Pujade, *Joseph*, 1604.]

—celle même d'action.
La *tragédie*, pour certains, devient une *histoire*, et a pour sujet « tout le cours d'une vie » (Nancel, *Théâtre sacré*, 1607.)

> [Cf. Laudun, *Poétique*, 1598.]

Mais la pratique ne se généralise pas; on s'en tient, d'ordinaire, à une action d'une durée plus ou moins vaste, riche en incidents émouvants et imprévus.

(*h*) L'unité de ton disparaît aussi.
Mélange de scènes triviales et comiques comme dans les mystères. N. de Montreux, à cause de cela, n'ose pas appeler son *Joseph* tragédie.

[Cf. l'intermède de la *Perfidie d'Aman;* les *Portugais infortunés; Sainte Agnès.*]

Spécimen du type où aboutit la déformation de la tragédie régulière :

La *Sainte Agnès* de Trotterel, qui tient, par l'invention et la structure, d'un mystère, par les tirades et le goût de la rhétorique, de la tragédie de Garnier, et qui, par la convenance et la fermeté de certains morceaux, annonce *Polyeucte.*

Hardy réagit à la fois contre la tragédie de pure rhétorique des disciples de Garnier et contre la tragédie irrégulière et romanesque dont on vient de parler.

DIXIEME LEÇON

LES TRAGÉDIES DE HARDY

[Rigal, *Alexandre Hardy* (2996) ; G. Lanson (2811).]

I. Vérité de l'opinion de Rigal : Hardy n'est pas un barbare qui a fait déborder sur la scène l'irrégularité la plus grossière. Il a un art, le respect des anciens, le culte de Ronsard.

[Cf. ses *Avis au Lecteur.*]

Il croit continuer Garnier, et veut ramener la tragédie à une forme plus pure. Il se réclame de la tradition de la Renaissance. Je vais plus loin que Rigal dans ce sens.

II. Ce qu'on sait de sa vie explique son rôle.

Peu de dates et de faits certains (bien distinguer dans ses biographies ce qui n'est qu'induction et conjecture).

Débuts de Hardy, sans doute entre 1593 et 1598.

Poète aux gages des comédiens; a peut-être couru la province, on ne sait avec quelle troupe; fournit de pièces la troupe de Valleran Lecomte installée à l'Hôtel de Bourgogne (1599; 1600-1602 ou 1603; 1607-1622; 1625, 1627; définitivement en 1628).

Sa fécondité. Plus de 600 pièces en 1628. Il meurt vers 1631-1632, en ayant composé 800 ou plus (Scudéry, Marolles). Sans doute beaucoup de ces pièces ne sont que des *ravaudages*.

[Il ne reste de tout cela que *Théagène et Chariclée* en huit journées (1623), et cinq volumes conte-
nant 33 pièces, publiés de 1624 à 1628 ; en plus les
titres de 13 pièces perdues.]

Nécessité de cette fécondité. Nature et habitudes
du public bruyant et grossier. Composition du spectacle.

Ce public qu'il fallait contenter, a fait de Hardy
un *homme de théâtre;* le premier en France, il a compris qu'il n'y avait pas là seulement un genre littéraire, mais un art spécial.

III. Comment Hardy a concilié ses idées person-
nelles avec les exigences du public. Nette distinction
des trois espèces du poème dramatique, tragédie, tragi-
comédie, pastorale.

Organisation de la tragédie.

[Date des tragédies de Hardy. Rien de certain.
Aucun indice qu'elles soient antérieures à 1600, et faites
en province. On peut admettre que la plupart sont
antérieures à 1620, ou même 1615 ; les tragédies avec
chœurs lyriques sont les plus anciennes. Si elles sont
faites pour le décor simultané (ce qui n'est pas sûr
pour toutes, notamment pour *Didon*), elles ne peuvent
guère être antérieures à 1600 ; et un certain nombre doivent se placer après 1607].

En général, Hardy maintient fermement les principes de l'art tragique de la Renaissance. Réaction
contre la poétique de Laudun et les pièces qui en sont
l'expression.

(*a*) Sur 12 tragédies, 11 sujets antiques, dont cinq
tirés de Plutarque.

(*b*) Tous sujets pitoyables.

Quelques-uns ajoutent les tableaux historiques au
spectacle pathétique. (*Mort de Daire; Mort d'Alexandre; Coriolan.—Timoclée* est bâtie sur le patron de
Cornélie et de *Porcie.)*

Le plus grand nombre sont simplement des cas extraordinaires de misère humaine *(Panthée, Didon)*, mais surtout de fureur et de vengeance *(Mariamne, Méléagre, Scédase)*. Hardy va jusqu'à l'accumulation des pires horreurs *(Alcméon)*.

(*c*) Style poétique; rhétorique. C'est la partie faible de Hardy; mais il y tient.

(*d*) Technique et procédés de la tragédie de la Renaissance. Cinq actes; alexandrins. Messagers. Ombres (usage fréquent pour ouvrir le théâtre).

Agrandissement du sujet à l'aide de lieux communs moraux ou philosophiques qui l'élèvent au dessus de l'intérêt anecdotique *(Scédase)*.

Prolongement de la pièce au delà du dénouement, par la lamentation tragique. *(Mort d'Achille; Didon; Coriolan; Panthée.)*

Structure de *La Mort d'Alexandre :* Alexandre boit le poison dans l'entr'acte qui précède le 4ᵉ acte : deux actes d'agonie pathétique.

IV. En restaurant la tragédie, Hardy la transforme.

(*a*) Concessions au goût du public et conformité partielle au mouvement étudié dans la dernière leçon.

Réduction, puis suppression des chœurs. [Il y en a dans *Didon* et *Timoclée*. Pas de chœurs dans *Mariamne, Panthée, Alcméon.*]

Indifférence aux unités de lieu et de temps. Hardy utilise le décor multiple de l'Hôtel de Bourgogne.

[Discussion sur l'origine de ce décor. Analogie avec le décor des Mystères, prouvée par Rigal : la dérivation conjecturée avec beaucoup de vraisemblance.—Mais nécessité d'admettre une influence de la Renaissance, de l'architecture scénique italienne issue de Vitruve. Preuve par la comparaison du décor de la Passion de Valenciennes (Cf. Petit de Julleville, (333), t. ii, p. 476-417). des décors tragique, satyrique, et comique de Serlio (cf. en tête de ce volume), et des croquis de Laurent Mahelot (cf. Petit de Julleville, t. iv, p. 220-221 et 354-355; Marsan, (2965) à la fin; et surtout Carrington Lancaster (4725). Remarquer dans les croquis la mise en perspective, qui est d'un art tout différent de l'art du moyen âge. Le décor de l'Hôtel de Bourgogne, vers 1630, révèle la fusion de la tradition indigène et de l'art de la Renaissance.]

Hardy met sur la scène tout ce qu'il peut du sujet (bûcher de Didon; meurtre d'Achille); il le déduit de bout en bout *(Méléagre; Coriolan)*.

(*b*) Cependant il essaie de conserver l'unité classique d'action. Il prend parfois une matière plus étendue que Jodelle, Garnier, et leur école. *(Mort de |Daire.)* Mais jamais une *histoire*, ni une *vie*.

Le plus souvent, un seul *fait tragique (Didon, Mariamne, Scédase)* : rapport étroit à la conception des humanistes. Mais on aperçoit aussi de quel côté Hardy cherche le moyen de satisfaire aux exigences de son public sans abandonner l'unité d'action.

Pas d'intrigue encore; mais nette distinction des *moments* du sujet *(Scédase, Coriolan)*. D'où progression, mouvement, *intérêt*.

Les discours plus étroitement subordonnés à l'action : Exploitation plus précise des données propres du sujet. D'où, malgré le mauvais style de Hardy, moins de bavardage. Ce qui se dit en scène fait avancer la pièce vers sa fin. Ainsi Hardy reconstitue et renouvelle la tragédie pathétique. Il lui donne le moyen de vivre.

V. Mais, en même temps, il la condamne à disparaître en dégageant les principes d'un autre art dépourvu de mysticisme, et médiocrement lyrique. Il ne peut guère atteindre au tragique des Grecs. Il le remplace. Dans les cas de fureur et de vengeance, il découvre le tragique des volontés en conflit, l'intérêt dramatique de la psychologie, il s'aperçoit que l'émotion s'accroît et que l'action s'anime quand les victimes luttent, et quand les sentiments sont combattus par d'autres sentiments.

[Analyse de *Didon*, de *Mariamne*.]

Le ressort de la tragédie classique est trouvé.

Parfois le protagoniste, le héros, n'est plus le personnage qui souffre, mais le personnage qui persécute. Au moins y a-t-il équilibre dans *Mariamne*.

Question : si Hardy a lu Montaigne? Du moins, a-t-il lu d'Urfé? *L'Astrée* orientait ses lecteurs vers l'étude du cœur humain. C'est, d'ailleurs, la direction générale de la littérature à l'époque de Henri IV.

Caractère sommaire, fruste et juste, sans souci de dignité convenue, de la psychologie de Hardy.

Enfin certains morceaux de rhétorique historique ou lyrique prennent dans Hardy une signification psychologique, et par suite une valeur dramatique. (Le monologue initial de *Scédase* sur la décadence de Lacédémone).

Entre Jodelle et Corneille, Hardy est l'intermédiaire nécessaire. Après lui, Corneille peut venir.

ONZIEME LEÇON

ÉLIMINATION DE LA TRAGÉDIE
· PAR LA TRAGI-COMÉDIE ET LA PASTORALE

(Entre 1620-1628)

Hardy restaure la tragédie, mais il compose surtout des tragi-comédies, sans doute pour plaire à son public; et aussi des pastorales.

I. Origines de la *tragi-comédie.*

[H. Carrington Lancaster, 2940.]

Elle vient d'Italie.

[Fr. Ogier, Préf. de *Tyr et Sidon*, 1628. Mareschal, Préf. de la *Genereuse Allemande,* 1631 (achevé d'imprimer : le 18 novembre, 1630).]

Hésitation, d'abord, sur le sens du mot, dont voici les trois applications premières :

[Plaute, Prologue d'*Amphitryon* (dieux et rois dans une action comique).
Verardi, *Ferdinandus Servatus* (action tragique à dénouement heureux).
La *Célestine,* que diverses *éditions* et traductions appellent *tragi-comédie* (action comique ensanglantée).]

Giraldi, sous la pression de la règle qui impose à la tragédie le dénouement funeste, détermine la défini-

tion de la *tragi-comédie* : c'est une tragédie qui *finit
bien.*

> [Préfaces . d'*Arrenopia* et (1545)' d'*Altile.*]

Introduction en France du *nom,*

> [Serlio, 2ᵉ livre de Perspective, traduit par Jean
> Martin, 1545.]

puis de la chose.

> [A. de la Croix, Tragi-comédie de *Daniel*, 1561
> (sujet biblique, fin heureuse). *Genièvre,* pièce per-
> due, jouéc à Fontainebleau, 1564 (sujet romanes-
> que, fin heurcuse, 2959).]

Essai curieux d'une tragi-comédie qui eût été une
forme de la comédie (à la manière de la *Célestine*).

> [L. Le Jars, *Lucelle*, 1576 (situation pathétique
> au IVᵉ actc dans une action comique ; l'amant re-
> connu pour prince ; prose, forme préférée de la
> comédie italienne).]

1580. Le genre est définitivement organisé par la
Bradamante de Garnier :
(*a*) la fin heureuse,
(*b*) le sujet romanesque et l'intérêt d'amour,
(*c*) la péripétie,
(*d*) le ressort psychologique.
Ebauche d'un drame animé, pathétique, sans horreur inhumaine, attachant.
Mais les tragi-comédies demeurent rares au xviᵉ siècle : le développement de ce genre a été entravé par la
tragédie irrégulière dont on a parlé plus haut (9ᵉ leçon).

II. Hardy reprend la voie indiquée par *Bradamante.*
On a conservé de lui 22 tragi-comédies : trois pièces
mythologiques qu'il dénomme aussi *tragédies,* une pièce
romanesque *(Aristoclée)* qu'il appelle également tragédie, à cause de la fin sanglante, huit pièces sur

Théagène et Chariclée (roman grec), et dix pièces dont cinq sont tirées de romans et nouvelles espagnoles, aucune des *comedias*. C'est Hardy qui montre aux Français à s'approvisionner de sujets en Espagne.

Caractères de la tragi-comédie de Hardy. Le dénouement heureux—le sujet romanesque—l'intérêt non historique ni public—les événements extraordinaires sans atrocité—les passions communes.

Hardy montre surtout des aventures d'amour, mais pas toujours.

> [Deux pièces fondées sur l'amitié : *Arsacome; Tite et Gésippe.*]

Mais il s'agit surtout de montrer une succession d'aventures singulières et surprenantes.

Cependant Hardy maintient le caractère littéraire de la tragi-comédie, par le style (si mauvais écrivain qu'il soit). Tirades; monologues; comparaisons; métaphores. Déclamations pathétiques; plaintes abondantes des personnages. Il n'oublie pas que la tragi-comédie est une espèce de la tragédie.

Pas ou peu d'éléments comiques.

Hardy m'intrigue pas. Il suit le fil de l'histoire, montrant ce qu'il peut, mettant le reste en récit (d'ordinaire brièvement).

Irrégularité de la structure :

pour le temps,

> [Plus d'un an dans *Phraarte;* huit ans dans la *Force du sang.*]

et pour le lieu.

> [Athènes et Rome dans *Tite et Gésippe;* l'Espagne et l'Allemagne dans *Félismène;* l'Egypte et l'Allemagne dans *Elmire.*]

Cependant il règle et limite la dispersion du sujet.

49

+

Habileté à prendre son point de départ *(Félismène, Frégonde)*.

La pièce finit nettement avec le dénouement. Plus de prolongement pathétique.

Comme dans la tragédie, annonce d'un nouveau type de poème dramatique.

Souci de *préparer* la péripétie :

(*a*) en indiquant à l'avance les données qui serviront *(Belle Egyptienne*, II, 3 ; *Frégonde*, III, 3);

(*b*) en enchaînant logiquement les aventures *(Félismène*, IV et V. Comparez à la source, la *Diana enamorada* de Montemayor);

(*c*) en employant le ressort psychologique *(Félismène)*.

Hardy note les états de sentiment et les traits de caractère qui expliquent l'action extraordinaire. *(Tile et Gésippe*, acte I).

Une fois il a fait un drame dont tout l'intérêt est dans les sentiments : *Frégonde.*

C'était un sujet trop délicat pour lui; il en a pourtant accusé clairement le double intérêt : le scrupule d'honneur du marquis, la tendresse vertueuse de Frégonde.

Difficile de dire, dans les changements introduits par Hardy, la part de l'instinct, la part des suggestions fournies accidentellement par les sujets, et la part de la réflexion. (L'incertitude de la chronologie des pièces ne permet pas d'observer une évolution de son art.)

III. Hardy a-t-il fait des comédies? On n'en a pas conservé. Des titres de pièces perdues conservés par le *Mémoire* de Mahelot, la plupart désignent sans doute des tragicomédies; un seul : la *Folie de Turlupin*, désigne presque certainement une comédie. Il est probable que la farce, à l'*Hôtel de Bourgogne*, rendait la comédie inutile. Hardy l'a remplacée aussi, en partie, par la *pastorale*.

Origines de la pastorale.

[Marsan (2965); G. Lanson (2968).]

Le *décor satyrique* décrit par Vitruve a été repris par les architectes et décorateurs de scène de la Renaissance italienne.

Vogue, dans l'art italien, du motif des satyres et nymphes.

On hésite longtemps sur le genre de pièce qui s'adaptera à ce décor.

· D'abord on fait des pièces mythologiques.

[Politien, *Orphée;* Niccolò da Correggio. *Cefale*, 1487; Giraldi, *Eglé*, avec des satyres 1545; etc.]

La détermination du genre de la pastorale dramatique est faite par l'*Aminte* du Tasse (joué à Ferrare, en 1582).

Goût de la Renaissance pour la poésie pastorale. Influence de Virgile et de Théocrite. Sentiment de la nature. Rêve d'un âge d'or. Idéal de vie naturelle et instinctive. Accord de l'innocence champêtre et de l'idéalisme platonicien.

L'*Arcadie* de Sannazar, 1504, donne le modèle de la poésie champêtre moderne.

De là sort l'*Aminte* du Tasse qui attribue à la pastorale dramatique un domaine distinct entre la tragédie et la comédie : toute la poésie des sentiments tendres et des peines d'amour, dans la beauté irréelle d'une Arcadie de rêve.

Nudité de l'action pastorale : les sentiments sont tout.

Fonction et sens du satyre : symbole de l'amour brutal

Guarini, *Pastor Fido* (joué à Turin, 1587) transforme le genre et le facilite : *tragicomedia pastorale.*

Il introduit une multiplicité d'événements, d'obstacles, de péripéties, de ressorts (oracles, lois d'Arcadie);
une intrigue.

En 1607, viendra la *Filli di Sciro*, de Guido Bonarelli della Rovere. Même altération du genre.

Il s'était altéré déjà en Espagne dans le roman de
Montemayor, la *Diana enamorada;* succès européen,
influence européenne. Le roman d'aventures, le roman
chevaleresque, la *novela*, la localité réelle se mêlent
aux fictions pastorales. Emploi de la magie. La
chaîne des amants qui aiment sans être aimés : occasion de plaintes élégiaques, et plus tard, en France,
au théâtre, de conflits dramatiques.

En France, la première pastorale dramatique est la
pièce de N. Filleul, les *Ombres* (à Gaillon, 29 septembre, 1566) : éléments antiques, avec une influence
italienne surtout scénique.

Pénétration de la *Diane*, tr. en 1578; de l'*Aminte*,
tr. en 1584; et du *Pastor Fido*, tr. en 1595. Mais le
genre ne se développe pas avant 1600.

Influence de l'*Astrée* à partir de 1607. L'*Astrée* situe les bergers en France, et mêle aux éléments propres
de la pastorale le roman chevaleresque, héroïque et historique, et les imbroglios, incognitos, travestissements
de la comédie; à la poésie élégiaque, l'étude psychologique.

> [On en tirera au moins autant de tragi-comédies
> que de pastorales.]

IV. Hardy peu ou point influencé par l'*Astrée*. Il
l'ignore ou réagit contre son influence.

> [Il a dû commencer à écrire des pastorales avant
> 1607. Il a publié cinq pastorales : *Alcée*, de sa
> jeunesse (avant 1614?)'; *Corinne,* 1614 au plus tard;
> *Alphée, pastorale nouvelle* (?) en 1624. Pas d'in
> dication pour les deux autres.]

Il a tâché de conserver la distinction des genres, de séparer la pastorale de la tragi-comédie. Pas de chevalerie, ni d'histoire, ni de personnages royaux. Tout se passe en Arcadie. Ressorts : les lois d'Arcadie, les oracles, Pan, Cupidon; la magie; les satyres.

Il profite peu ou mal des occasions de poésie et de psychologie du sujet pastoral : Cupidon employé à changer les cœurs (*Corinne; l'Amour Victorieux*).

Nudité d'action dans *Corinne*.

Mais complication d'*Alphée* (chaîne de sept amants, trois métamorphoses, trois mariages).

Dans l'*Alcée* la pastorale tourne à la comédie. (Mais *Alcée* est peut-être la plus ancienne).

En général, et un peu partout dans ses pastorales, Hardy vise au ton léger, au dialogue vif; il rencontre parfois, dans les altercations des bergers et des bergères, l'accent et le mouvement du vers comique. La pastorale devient parfois chez lui une comédie d'amour sentimentale et piquante.

Mais l'élément proprement comique (burlesque, risible) est dans le rôle des satyres, toujours bernés et rossés.

V. A la fin de la vie de Hardy, vers 1628, les deux genres nouveaux, *tragi-comédie* et *pastorale*, avec la *farce* qui est française et italienne, ont à peu près éliminé les deux genres antiques de la *tragédie* et de la *comédie*.

> [Manuscrit de Laurent Mahelot, vers 1633-1634 : décorations de 71 pièces, sur lesquelles deux tragédies seulement. (Aucune comédie n'est antérieure à 1628).]

Indice du changement de goût : les deux formes de la pièce de Jean de Schelandre, *Tyr et Sidon, tragédie*, 1608: *Tyr et Sidon, tragi-comédie*, 1628.

DOUZIEME LEÇON

DE HARDY AU CID (1628-1636)
LE RETOUR DE LA TRAGÉDIE

I. Hardy seul, ou à peu près, soutient l'Hôtel de Bourgogne jusqu'en 1628.

> [Presque pas de tragédies qu'on sache ou qu'on puisse supposer avoir été jouées à l'Hôtel de Bourgogne avant le *Pyrame* de Théophile. Un prologue pour une tragédie de *Phalante* (vers 1610). Doutes sur la *Perfidie d'Aman*, 1622; la *Madonte* de la Charnaye, 1623; le *Théâtre français* imprimé chez P. Mansan, 1623.]

Hardy a fait de la troupe de Valleran la 1ᵉ troupe de France.

Il a attiré vers le théâtre les poètes raffinés, protégés des grands seigneurs.

Théophile de Viau, et son *Pyrame et Thisbé*, écrit et joué sans doute entre 1621-1623, impr. 1623.

> [Cf. K. Schirmacher (3610).]

. Pour la structure, c'est la tragédie de Hardy, avec moins de souci de la distinction des genres.

Pyrame mêle la pastorale, la tragi-comédie, et la tragédie. Théophile est tout à fait libéré des anciens.

Sujet pathétique, exposant la destinée funeste de deux amants. Mais, avec la fatalité, concourent des volontés humaines, hostiles.

Œuvre de style : lyrisme précieux. Mais tendresse

passionnée. Naturel relatif, ton humain et couleur actuelle du dialogue : influence de la vie contemporaine.

La personnalité du poète anime les personnages. La pièce exprime son point de vue sur la vie.

Tout cela est plein d'avenir.

Effet de *Pyrame* à la scène.

[Cf. frères Parfaict, (no. 63) t. iv, p. 271.]

Mais *Pyrame* demeure sans influence.

Les poètes délicats vont alors à la pastorale. C'est le genre à la mode.

[Racan, *Arthenice* ou les *Bergeries*, impr. 1625 (joué entre 1623-1625).—Cf. Arnould (3443).
Mairet, *Silvie*, 1626. Cf. Marsan (4769).]

II. Importance des années 1628-1630.

1628 : Cinquième et dernier volume de Hardy.

1628-1630 : Débuts de Rotrou, Corneille, Scudéry, du Ryer; suivis en peu d'années par Benscrade, Pichou, Boisrobert, Mareschal, Tristan, etc.

Vers 1625-1630, les gens de qualité viennent au théâtre; bientôt les femmes honnêtes.—Deux publics : parfois en conflit, mais réunis souvent par un esprit commun.

On commence à mettre les noms des auteurs sur les affiches.

1629 : Une seconde troupe (celle de Lenoir et Mondory) s'établit à Paris : installée au *Marais* en 1635.

1629 : Mairet rapporte d'Italie les *unités*.

De 1628 à 1640, la tragédie et la comédie, éliminées par la tragi-comédie et la pastorale, reparaissent.

III. La pastorale disparaît la première (après 1632).

Insuccès de *Silvanire* à l'Hôtel de Bourgogne (1629).

Lassitude du public : le *Berger extravagant* de Charles Sorel (1627-1628).

Le roman héroïque succède au roman pastoral.

[Le *Polexandre* de Gomberville, 1619 et 1637.]

La pastorale, chargée (par Mairet notamment) d'éléments de tragi-comédie et de comédie, se laisse absorber aisément par ces genres.

Elle laisse sa trace dans la tragédie (l'amour galant).

IV. Epanouissement de la tragi-comédie, de 1628 à 1640.

Elle est la « perfection » du poème dramatique.

[Mareschal, Préface de la *Générreuse Allemande*, 1631.]

Genre préféré des poètes, sauf Corneille et Tristan.

Cependant la *comédie* rentre après 1628 : elle s'approprie les sujets de la *comédie latine*, de la *farce italienne* et *française*, mais aussi de la *tragi-comédie* (la *comedia* espagnole) et de la *pastorale*.

Elle est favorisée par le goût de la satire morale. (Mareschal, Desmarets de Saint Sorlin.)

V. La tragédie rentre après 1634.

(Le *Clitandre* de Corneille et les *Aventures de Policandre et Basolie* du sieur du Vieuget, 1632, marquent-ils un essai de tragi-comédie sanglante ?)

La *Sophonisbe* de Mairet (1634) ramène la tragédie régulière.

[Ed. Vollmöller (4768).]

Concurrence des deux théâtres (Hôtel de Bourgogne, et troupe de Mondory).

Une douzaine de tragédies de *Sophonisbe* au *Cid*.

[Auteurs : Rotrou, Corneille, Scudéry, d'Alibray, Benserade, la Pinelière, Guérin du Bouscal, Durval.]

Hésitation entre la conception de la Renaissance, et la tragédie active, enchaînée, employant les préparations et le ressort psychologique.

> [Caractère pathétique des sujets.—Mélange des
> deux techniques dans l'*Hercule mourant* de Rotrou
> et la *Médée* de Corneille.]

Influence de la tragi-comédie : irrégularité; goût du spectacle et du décor.

> [L'*Hippolyte* de la Pinelière. La *Didon* de Scu-
> déry. La *Mort de Mithridate* de la Calprenède.—
> Cf. les préfaces du *Tornismond* de l'Alibray et de
> la *Généreuse Allemande* de Mareschal.]

Cette période se conclut par la *Marianne* de Tristan, qui en est le chef-d'œuvre : refonte en beaux vers de la pièce de Hardy.

Encore hésitation et irrégularité. Mais détermination sur l'essentiel : la tragédie est dans les âmes.

> [Cf. N. M. Bernardin (4856).]

VI. Le triomphe de la tragédie est assuré par les unités qui s'établissent entre 1628 et 1637.

VII. Alors vient le *Cid, tragi-comédie,* qui détermine la forme de la tragédie classique, et son triomphe.

La tragi-comédie vivra encore une vingtaine d'années : Mais elle est devenue inutile; elle n'a plus de caractère distinct. La nature du dénouement devient secondaire : la tragédie peut finir heureusement.

Il n'y a plus que deux genres, les genres anciens, la *tragédie* et la *comédie.*

Même la farce s'absorbe dans la comédie. (Jodelet acteur et rôle des *Précieuses.*)

VIII. Il faut revenir sur deux points :
(*a*) la *tragi-comédie :* sa couleur esthétique.
(*b*) les *unités :* comment se sont-elles établies ?

TREIZIEME LEÇON

LA TRAGI-COMÉDIE DE ROTROU

I. A côté des tragi-comédies de Hardy, la première tragi-comédie originale est *Tyr et Sidon* de Jean de Schelandre (A. G. Cohen, n° 3336 *bis* S.)

Analyse de la « tragédie de sang » offerte par la 1ᵉ édition, 1608, (4737) : Comparaison avec la tragi-comédie en 2 journées que Schelandre en a tirée en 1628 (4738).

Dénouement heureux ; suppression de plusieurs morts ; suppression des chœurs.

Développement de scènes triviales et comiques dans la 1ᵉ partie ; d'un roman d'amour dans la 2ᵉ.

Imagination hardie et déréglée, amoureuse de l'extraordinaire et de l'imprévu. Les récits qui expliquent les coups de théâtre sont rejetés à la fin, de façon à laisser la surprise entière.

II. La nouvelle génération de 1628-1629.

Liberté d'invention et de conduite : moins réguliers, moins soucieux de préparation et d'enchaînement que Hardy.

Exploitation active et sans scrupule de toutes les sources d'intérêt romanesque :
Romans antiques

> [Du Ryer, *Clitophon et Leucippe* (Roman grec.]

Roman latin moderne

> [Du Ryer, *Argénis et Poliarque* (Barclay).]

58

Romans français

    [Scudéry, *Ligdamon et Lidias* (Astrée).
    Rotrou, *Agésilan de Colchos* (Amadis).]

Romans espagnols (ou nouvelles)

    [Pichou, *Les folies de Cardenio* (Don Quichotte).
    Rotrou, *Les deux pucelles* (Cervantes).]

Romans italiens

    [Scudéry, *le Prince déguisé* (Cavalier Marin).]

Pastorale italienne

    [Rotrou, *le Filandre* (Chiabrera, *la Gelopea*).]

Et surtout la *comedia* espagnole

    [Rotrou, *les Occasions perdues* (Lope);
        l'Heureuse Constance (2 pièces de Lope), etc.
    Cf. Martinenche (4959).]

Rotrou semble être celui qui a découvert la *comedia* et l'a exploitée le premier avec suite.

L'abondance de la matière romanesque conduit, dans certains sujets, au système de la pièce en 2 journées.

    [Schelandre; Hardy (*Pandoste*); du Ryer; Mareschal; La Serre, etc.]

III. Un mot sur du Ryer et Scudéry.
(*a*) Du Ryer.

    [Cf. H. Carrington Lancaster (4844.S).]

Son mérite scénique; sa médiocrité littéraire.
(*b*) Scudéry.

    [Cf. Batereau (4787).].

Originalité de cette figure de soldat écrivain et de gentilhomme râpé.

Médiocrité artistique. Imagination surabondante;

psychologie vague et banale; rhétorique effrénée, tour
à tour précieuse et boursouflée.

Son grand succès de *l'Amour tyrannique* (1639) : revanche du triomphe du *Cid*.

Entassement d'événements extraordinaires et de situations inhumaines.

Morale conventionnelle et fausse; psychologie de roman galant.

Manque de solidité des caractères : ils sont furieux
et méchants pour créer les situations, et s'adoucissent
pour les dénouer heureusement.

IV. Rotrou a une valeur supérieure.

La légende de Rotrou. Le vrai Rotrou est plus
simple, moins désordonné, plus grave; a fait plus de
vers religieux que de vers d'amour.

[Cf. Chardon (4828); Person (4831).]

Sa vie ne ressemble pas à son théâtre.

Abondance, rapidité et négligence de sa production.
Ses sources.

[(Cf. nos. 4829-4835).]

Romanesque des sujets : extravagance et surabon-
dance des aventures.

Insouciance des préparations morales : les personnages changent de volonté selon les besoins et le moment de l'action.

Emploi des moyens de féerie et de vaudeville.
Magie. Quiproquos. Déguisements (personnages qui
changent d'habits. Femmes travesties en cavaliers.
Cavaliers déguisés en femmes).

Avant 1636, une seule pièce (avec les deux tragédies)
n'emploie aucun de ces trois moyens.

Exemples de l'art tragi-comique de Rotrou :
Cleagénor et Doristée,

*L'Heureuse Constance,
Agésilan de Colchos.*

V. Cependant moins de folie qu'il ne paraît dans cette libre fantaisie.

(*a*) Rapport de ces aventures aux mœurs du temps.

> [Cf. Tallemant des Réaux, *Historiettes.—Mémoires* de Pontis—Le début des *Mémoires* du Cardinal de Retz.—La jeunesse de Bussy Rabutin, dans ses *Mémoires.*]

(*b*) Sentiment pittoresque et poétique des mœurs picaresques.

> [*Heureuse Constance*, I, 3; *Agésilan*, I, 2; *Les deux Pucelles*, II, 1.]

(*c*) Sentiment de la vie du cœur; et surtout de toutes les passions de l'amour.

Réalisme assez brutal de la peinture sous le raffinement et la fantaisie de l'expression.

> [*Innocente infidélité.*]

VI. Mais Rotrou est poète : il prête sa poésie à ses personnages; il leur donne :

(*a*) la sensibilité aux beautés de la nature, du décor où il jette l'action.

> [*Innocente infidélité*, V, 1; *Agésilan*, I et III.]

(*b*) l'intensité mélancolique, exaltée, ou désespérée, qui poétise l'amour, malgré la crudité du fond.

> [*Belle Alphrède; Innocente infidélité*, I, 1; *Agésilan*, II, 8; *Heureuse Constance*, III, 1.]

Rythmes lyriques; stances; mélanges de mètres; scènes de chant passionné.

> [*Innocente infidélité; Agésilan;* etc.]

Jusqu'où Rotrou pouvait aller, on le voit par la fameuse scène de *Laure persécutée* (IV, 1 et 2), mise en lumière par Saint-Marc Girardin (2744, t. v.)

Caractère shakespearien de l'imagination de Rotrou.

VII. Conclusion sur les possibilités de drame poétique, lyrique et fantaisiste que contenait la tragi-comédie.

Elle a été arrêtée dans son essor par le triomphe des *unités*.

QUATORZIEME ET QUINZIEME LEÇONS

L'ÉTABLISSEMENT DES UNITÉS
ET DES BIENSÉANCES

I. L'établissement des unités a déterminé pour deux siècles la forme du théâtre français.

> [Cf. Breitinger (4885); Benoist (2833); Dannheisser (4888); Teichmann (4888.S).]

Origines : Aristote, une ligne de la *Poétique*.
Le débat en Italie. A travers les commentateurs d'Aristote. Autour de Giraldi; autour du *Pastor fido*.

> [Cf. Spingarn (602).]

Le débat en Angleterre : fin du xvi° siècle.
Le débat en Espagne : début du xvii° siècle.
En France, l'unité de jour acceptée sans débat dès la *Cléopâtre* de Jodelle; écartée, avec la nouvelle unité de lieu, sans grand débat, de Beaubreuil à Laudun d'Aygaliers (1582-1598); inconnue au début du xvii° siècle.
Silence pendant trente ans.

II. Les unités reparaissent vers 1628.

> [Balzac, lettre du 20 sept. 1628, à Mme Desloges.
> —Préface d'Ogier à la 2ᵉ éd. de *Tyr et Sidon*, 1628 : énergique défense du système français contre les règles et les anciens.]

En dix ans elles ont gain de cause.
Principaux textes.

> [Nos. 2936-2037 et 4892-4904. Y ajouter divers
> morceaux de Corneille en tête de ses premières
> pièces, éd. Marty-Laveaux, t. i et ii.]

Mairet ramène les unités d'Italie (1628-1629). Chapelain les patronne (vers 1630), et il y gagne le cardinal de Richelieu.

> [Dissertations publiées par Arnaud (2938).]

Résistance des auteurs et des comédiens de l'Hôtel de Bourgogne : Corneille, Durval (préface d'*Agarite*, 1636, Scudéry, d'Ouville, Mareschal, etc. Mairet même cède à la commodité de l'irrégularité.

> [*Les Galanteries du duc d'Ossone*, 1632.]

Mais les unités gagnent du terrain. Le théâtre de Mondory les favorise. On ne veut pas paraître les ignorer. [Scudéry, Préface de *Ligdamon et Lidias*, impr. 1631 ; Corneille, Préface de *Clitandre*, 1632.] On cherche à tricher, à transiger (Corneille, la *Veuve*, Au lecteur, 1634).

Dernières résistances : le *Traité de la disposition du poème dramatique*, impr. en 1637 (4898).

Soumission de Corneille, avec des réserves et en interprétant la règle. (Lettres en tête de la *Suivante*, 1637 ; de *Médée*, 1639. Avis au lecteur, de la 2ᵉ partie des œuvres, 1648.)

III. Sens de cette lutte ; arguments échangés ; raisons et circonstances décisives.

Le problème est d'abord posé comme en Italie ; on ne dispute que sur les 24 heures, et on entend le lieu à la manière italienne, largement. La régularité relative du lieu n'est qu'une conséquence de l'unité du jour.

> [Etudier les textes cités plus haut.]

Mais on va dépasser le point de vue italien, et donner
à l'unité de lieu une rigueur toute nouvelle. La raison
en est dans l'esprit qui fait triompher les règles, et
dans les conditions particulières à la scène française.

IV. Raisons en faveur des règles.
(*a*) Part de la mode de l'italianisme; pédantisme des
beaux esprits; *snobisme* du beau monde.
Ne pas exagérer cette influence, ni
(*b*) la part de la superstition de l'antiquité.
Plaidoyer des adversaires pour les modernes, pour
l'indépendance du goût français, pour celle du sens in-
dividuel. Vives attaques contre l'antiquité.

> [Laudun; Ogier; Scudéry; *Traité* de 1637; Mares-
> chal—même Corneille.]

Mais les défenseurs des règles conviennent que la
raison seule doit décider, et prétendent que la raison
est pour les règles.

> [Chapelain (dans Arnaud, p. 337); d'Aubignac,
> *Pratique* (t. i, p. 20-21).]

(*c*) Accord de tous sur le principe de la vérité de
l'imitation. La *vraisemblance*, loi suprême du théâtre.

> [Mairet, Préface de *Silvanire;* Chapelain; d'Au-
> bignac.]

La vraisemblance est alléguée :
contre les règles (tant d'événements en 24 heures,
en 1 lieu),

> [Laudun: Ogier; *Traité* de 1637.]

pour les règles (deux heures, un plancher de scène
qui ne change pas),

> [Mairet, Préface de *Silvanire.*]

Cette dernière conception de la vérité dramatique est

5

matérialiste et mécanique plutôt que pittoresque ou poétique.

Les objections faites à la vraisemblance des 24 heures conduisent à identifier la durée de l'action à la durée de la représentation. De même pour le lieu, elles conduiront à la salle unique d'un palais.

> [Chapelain (dans Arnaud, p. 343) ; d'Aubignac, t. i, p. 110-111 ; Corncille, *Discours*.]

V. L'extrême irrégularité du théâtre français rend sensibles aux yeux les conventions scéniques, et par là l'invraisemblance sensible à l'esprit.

> [Pour le temps, cf. Racan, Lettre à Ménage (Bibliothèque Elzévirienne, t. ii, p. 317).]

La précision du décor simultané en rend l'invraisemblance criante.

> [Voir les critiques de l'abbé d'Aubignac, dans sa *Pratique du théâtre*.]

L'invraisemblance était voilée dans la comédie et la pastorale par la facilité de rapprocher des lieux fictifs, ou de choisir des lieux contigus. On assemble ce dont on a besoin dans un seul décor. Mais on ne dispose pas ainsi des lieux historiques et illustres dans les sujets sérieux. La fantaisie géographique choque, au delà de certaines limites.

VI. Le nouveau public, gens de cour et précieux, a moins de spontanéité d'impressions que le public populaire, moins d'imagination, un esprit critique éveillé, le souci de la perfection technique, le sens du ridicule.

L'argument de la vraisemblance, appliqué à la réalité de la mise en scène du temps, est tout puissant sur lui.

Une fois éveillé, ce sens critique rejette toutes les solutions intermédiaires, et va aux interprétations les plus étroites des règles.

Il va au delà des 24 heures, à 12 heures, à une durée égale à la représentation.

[D'Aubignac; La Mesnardière, *Poétique*, 1640.]

Il rejette le décor italien; le large usage des rideaux; l'indétermination équivoque du lieu *(Cid)*. Il mesure l'espace de l'action sur la grandeur réelle de la salle. Minutie et scrupule de ce réalisme.

[La Mesnardière, ch. xi, p. 411 et 416;
D'Aubignac, t. i, p. 93-95 et 109;
Chapelain trouve la prose plus vraie que le vers.
(Dissertation publiée par Arnaud).]

VII. Mais le public, même poli, veut du plaisir. Et les poètes veulent le succès.
En vain des théoriciens méprisent-ils le plaisir.

[Chapelain, dans Arnaud, p. 346.]

Or les pièces *nues* des anciens, seules compatibles avec les règles, donnent moins de plaisir que les pièces qui ont la « variété des événements. »
Accord unanime sur ce point.

[Laudun; Ogier; *Traité* de 1637; Mareschal.—
Corneille, en tête de la *Veuve*.—Mairet, Préface
de *Silvanire*.

Refus des auteurs de sacrifier un *beau sujet* aux règles.

[Corneille, Au lecteur, 2ᵉ partie de ses *Œuvres*,
1648.]

La solution, préparée par Hardy et Tristan, fut trouvée par Corneille : placer les événements hors du temps et de l'espace, dans le cœur humain.

VIII. Conséquences des unités :
(*a*) la concentration du poème dramatique;

[Les unités la rendent plus rigoureuse, et forcent
les résistances. Mais Corneille y allait de lui-même
sans savoir les règles: structure de *Mélite*.

(*b*) élimination des modèles espagnols trop irrégu-
liers;
(*c*) mais aussi difficulté de réduire aux règles les
sujets offerts par la légende ou l'histoire; d'où peu à
peu le mérite technique prend le pas sur la valeur
humaine ou poétique :
(*d*) l'unité d'action entraîne l'unité de ton; d'où l'élimination des scènes triviales et comiques, de la tragi-
comédie.
Toute une esthétique est attachée aux trois unités.

IX. Avec elles, la société polie introduit les bienséances. Le modèle en est en elle; et on leur sacrifie
la vérité historique.

[D'Aubignac, t. i, p. 62, et 304-5.]

Elles obligent à tricher, à truquer, pour éviter les
effets nécessaires des passions.

[L'Académie, sur le *Cid* (Corneille, t. xii, p. 469);
d'Aubignac sur *Horace* (t. i, p. 58-59); Corneille,
sur le parricide d'Oreste (Discours, t. i, p. 80).]

La Mesnardière, *Poétique*, 1640, marque le moment
où les manières de la société polie prétendent s'imposer
à la tragédie : non seulement dans l'expression, mais
dans la psychologie.
Les sujets violents déplaisent *aux belles âmes*, et les
sentiments brutaux sont *peu naturels*.

[La Mesnardière, ch. v, p. 33; ch. viii, p. 225.]

Les rois et les amants sont condamnés à la politesse.

[La Mesnardière, ch. ix, p. 243-252, et p. 294.]

Idéal socialement respectable; esthétiquement dange-reux. Il introduit au théâtre une humanité et une dignité de convention.

SEIZIEME LEÇON

LE CID

DEVELOPPEMENT DE LA TRAGEDIE CORNELIENNE
DU *CID* A *PERTHARITE*

[Edition Marty-Laveaux (4917).]

Le *Cid :* fin de 1636, ou début de 1637.

I. L'auteur

[Cf. Marty-Laveaux, t. i; et Bouquet (4924). Cf. aussi Dorchain, *Pierre Corneille*, 1918 (4936.S.)]

Deux mots sur la vie et le caractère.

Peu de rapports apparents et certains de la biographie à l'œuvre. [L'amour de Catherine Hue; celui de Marquise du Parc. Deux ou trois autres petits faits.]

8 pièces avant le *Cid :* Corneille y a appris son métier.

II. Succès prodigieux du *Cid.*
Querelle du *Cid :* rôle de Scudéry, de Mairet.

[Cf. Gasté, recueil des pamphlets (4947).]

Richelieu : raison probable de son attitude.

[Cf. L. Lacour, *Richelieu dramaturge*, 1926.]

Chapelain et les *Sentiments de l'Académie sur le Cid* (impr. 1638).

[Ed. Collas (4127.S.)]

Mesquinerie et violence du débat. Etroitesse et relative insincérité des *Sentiments de l'Académie.*

Cependant importance de la querelle :

(*a*) pour Corneille, qu'elle conduit à réfléchir sur son art ;

(*b*) pour l'histoire du théâtre : elle montre la limite du pouvoir des doctes, et la puissance du public.

III. Le *Cid* et la tradition.

Il recueille et mélange tous les essais antérieurs et toutes les influences du moment. Etudier ce qu'il garde :

(*a*) de la tragi-comédie. (Sujet espagnol—romanesque—variété d'incidents : les trois périls du héros) ;

(*b*) de la pastorale. (L'amour jeune, tendre, fervent) ;

(*c*) de la tragédie de la Renaissance. (Sujet pathétique—lamentation lyrique; stances, duos ;—personnage souffrant, inactif (l'infante).—Presque toute l'action reculée loin des yeux et mise en discours) ;

(*d*) de la mode nouvelle. (Préciosité; subtilité italienne; gongorisme; goût d'héroïsme.) Ainsi le *Cid* est comme la synthèse de tout l'effort d'un siècle.

IV. Mais il dépasse la tradition en l'absorbant. Il transforme et complète. Il apporte des *nouveautés* originales.

(*a*) *Concentration.* Il tire les conséquences des unités. Réduction de la variété des événements sous la loi nouvelle, non sans gêne pour le temps et le lieu. La concentration du drame dégage l'intérêt : de sorte que la *tragi-comédie* du *Cid* décide de ce que sera la *tragédie* française, une crise. (Le *Cid* est qualifié *tragédie* dans les éditions à partir de 1648.) Le dénouement heureux ne crée plus une espèce distincte, dès que la couleur générale de l'action est tragique.

(*b*) Achevant ce que Hardy, et surtout la *Mariamne*

de Tristan avaient commencé, il transporte la tragédie dans le cœur humain. Les événements qui font l'action, le mouvement, l'intérêt, sont des sentiments et des volontés. (Transformation du *messager* : le récit, fait par un personnage intéressé, devient un élément actif de la tragédie. Cf. *Cid*, II, 8, et IV, 3.)

(*c*) Ces sentiments et événements du cœur ne sont plus exposés comme *effets* des faits tragiques, matière de plainte lyrique, mais comme *causes*, mobiles de résolution, ressorts d'action. Psychologie de l'énergie. Le héros est *agissant :* la souffrance n'est plus qu'un accompagnement.

[Etudier Rodrigue, Chimène, don Diègue.]

Transformation du monologue : d'expansion sentimentale, il devient délibération active.

[*Cid*, I. 6.]

(*d*) *Métier.* Le *Cid* fonde ainsi la technique de la pièce moderne : c'est sa grande nouveauté. Personne n'avait encore su construire une *intrigue* serrée, ni ajuster ainsi les ressorts psychologiques. Corneille révèle l'art de créer l'intérêt dramatique par des situations fortes, logiquement exploitées.

On étudiera plus tard de plus près cette technique de la tragédie cornélienne.

(*e*) *Philosophie.* Autre nouveauté entièrement originale : le point de vue cornélien sur la vie. La philosophie de la volonté, et la conception de l'amour raisonnable.

On y reviendra aussi.

On remarquera seulement ici que la beauté singulière du *Cid*, qui prit si fort le public, a sa source dans la philosophie cornélienne : le pathétique séduisant du sujet vient de ce que le Cid et Chimène se combattent en s'aimant.

(*f*) *Art du style*. Originale aussi et tout à fait nouvelle, la puissance artistique révélée par l'ouvrage. Le *Cid*, œuvre de style : équilibre de l'effet scénique et de la beauté littéraire. Vérité et idéal ; naturel et grandeur.

Premier chef-d'œuvre où le xvii⁰ siècle français se reconnaît. Combien cela va au delà de Malherbe.

(*g*) *Méthode classique*. Enfin le *Cid* détermine la méthode d'invention de notre littérature classique.

Transformation des matériaux empruntés à Guillen de Castro : originalité technique et psychologique du *Cid* français.

> [Restriction à faire à Huszar (4961) et même à Martinenche (4959). Cf. aussi Segall (4962).]

V. Du *Cid* à Pertharite.

> [Sur l'histoire des pièces, les dates, les acteurs, cf. Marty-Laveaux.]

1640, *Horace :* sujet antique. Achève de rétablir la tragédie.

Sujet pathétique, incomplètement réduit à la tragédie active.

Unité incomplète : deux périls du héros.

1640, *Cinna*. Unité : un seul péril. Tous les faits se passent dans les cœurs. Dénouement heureux.

Sujet non sanglant, à peine pitoyable. La politique.

Vers 1642 (date traditionnelle, 1640 ; selon Rigal (4946. S), 1641 ; selon Marty-Laveaux, 1643), *Polyeucte*. (Certainement postérieur à la représentation, et antérieur à l'impression du *Saül* de du Ryer, dont *l'achevé d'imprimer* est du 31 mai 1642).

Sujet chrétien.—Perfection de l'art cornélien : fusion du pathétique et de l'action. Félix : caractère bas ; élargissement du cadre tragique.

A partir de ce moment, Corneille cherche à se renouveler et tâte les limites de son art.

1642 ou 1643 (avant le 3 n décembre), *Pompée*. Sujet de la *Cornélie* de Garnier. Pathétique et épique : malaisément réduit à l'action, à la politique et à la galanterie.

1644 ou 1645, *Rodogune* Triomphe de l'art de l'intrigue : situation terrible d'incertitude au 5e acte, préparée pendant 4 actes.

Première application de la psychologie de la volonté à un caractère scélérat (Cléopâtre).

Fin 1645, Théodore. Une vie de saint : naïveté de Corneille. Erreur sur son public.—*Théodore* condamnée par les principes de l'art cornélien.

1647, *Héraclius*. Intérêt d'intrigue : incertitude tragique créée avec art. Seule tragédie cornélienne comportant des déguisements d'identité et des reconnaissances.

1650, *Don Sanche : comédie héroïque.*

Sujet romanesque espagnol, traité en comédie psychologique. Essai pour séparer l'intérêt dramatique et psychologique de l'intérêt pathétique.

1651, *Nicomède :* même tentative dans un sujet antique et historique.

Minimum de péril et d'émotion : histoire, psychologie, politique. Le ressort de l'*admiration*

Nicomède est le terme et l'épanouissement de la tragédie cornélienne : type d'une pièce attachante par l'intrigue et par la psychologie, sans pathétique ni tragique.

1652, *Pertharite*, erreur de Corneille, confirme Nicomède. C'est la situation d'*Andromaque*, dépouillée de sa valeur pathétique, exploitée pour l'intrigue et pour la curiosité psychologique.

Pertharite marque aussi la limite de la vérité de la conception cornélienne de la volonté.

Variété des sources des sujets cornéliens : toutes les histoires, Rome, le christianisme, l'Asie, Byzance, les Lombards.

Mais Corneille n'y cherche pas la diversité de la couleur historique. Dans toutes les histoires, il cherche :

des *situations* à exploiter en intrigues fortes,

des *caractères* à animer de sa psychologie.

DIX-SEPTIEME ET DIX-HUITIEME LEÇONS

LA STRUCTURE DE LA TRAGEDIE CORNELIENNE.

C'est Corneille qui par ses exemples et discussions a donné à l'art dramatique français sa précision robuste et complexe.

> [Cf. Sarcey (4934) ; Lemaître (4932) ; G. Lanson (4937-4939).]

La tragédie cornélienne est d'abord une *pièce bien faite*.

I. Le *métier* consiste à porter au maximum l'*intérêt* et la *vraisemblance*. C'est—ou ce doit être—la fin de toutes les règles.

(*a*) L'*intérêt* résulte de l'incertitude du dénouement, entretenue par l'ntrigue.

> [*Cid; Polyeucte*.]

L'*intrigue*, inconnue de la tragédie antique, a été transportée de la comédie latine à la tragédie française, par l'intermédiaire de la tragi-comédie, ou directement.

> [Définition de l'intrigue comique: Josse Bade, *Térence*, Rouen, 1501, *Praenotamenta*, c. 19; Scaliger, *Poétique*, i, 9.]

Mais avant le *Cid*, l'intrigue tragi-comique est très lâche.

Corneille, qui s'est fait la main dans ses comédies, veut, dès le *Cid*, et dans toutes les tragédies suivantes, une intrigue bien ajustée, serrée, qui soit comme un problème dont chaque scène débatte, avance ou retarde la solution. Il ne doit rien y avoir d'inutile.

Toutes les règles sur la disposition du poème tragique tendent à renforcer l'intrigue :

> [Règles sur l'*exposition*—le *nœud*—la *suspension* et la *progression* de l'intérêt—le *recul* du dénouement —l'unité de *péril*.]

La tragédie est une *crise* que tous les personnages travaillent sans arrêt à dénouer.

(*b*) Mais pour un public *raisonnable*, pas d'*intérêt* sans *vraisemblance*.

D'où toute une autre série de règles et de procédés.

> [Pour l'observation de *l'unité de temps*, de *l'unité de lieu*. Pour l'exactitude des *entrées* et des *sorties;* de la *liaison des scènes*. Pour la discrétion dans l'usage des *a-parte,* etc.]

D'où aussi les subtiles distinctions de la vraisemblance *ordinaire* et *extraordinaire :*
l'exclusion du miracle, de l'emploi d'un moyen imprévu et arbitraire dans le dénouement ;
la règle de présenter dans l'exposition tous les personnages et toutes les données qui serviront.

L'*art* sera de surprendre sans déconcerter, de faire sortir logiquement de données connues des effets imprévus, et nécessaires. Ainsi, dans un sujet historique et fameux, l'intérêt de suspension et d'incertitude est possible, si le poète sait son métier.

II. Cette technique vaut pour toute pièce. L'intrigue s'accommode de n'importe quels ressorts. L'incertitude et les revirements peuvent être créés par des coïncidences, par des quiproquos, par toute sorte de moyens matériels.

[*Ménechmes; Barbier et Mariage de Figaro; Les
Pattes de mouche.*]

Mais Corneille fixe le caractère du *théâtre classique*
en prenant les ressorts de l'intrigue dans la *psychologie.*

L'exposition achevée, toute l'exploitation des données se fait par le jeu, le conflit, l'engrenage des sentiments et des caractères.

[Exemples : *Polyeucte;* le *Cid.*—Etudier comment
Corneille mesure l'énergie et note les changements
des forces morales qui sont en conflit. (*Polyeucte*
i, 2 ; iv, 3 ; et ii, 2 ; iv, 5.—*Cid,* iii, 4 ; v, 1.)]

Ainsi l'intérêt d'intrigue sert à faire ressortir la
vérité morale. L'objet du théâtre classique est de
montrer la vie du cœur humain, à son maximum d'intensité, dans des crises.

III. Mais ce caractère psychologique appartient à tout
le théâtre classique, *comédie* et *tragédie.* D'où naît
le caractère *tragique,* selon Corneille?
(*a*) Nature du sujet tragique.
Il veut un intérêt plus noble que l'*amour.*

[Corneille ne veut ni les sujets de Quinault ni les
sujets de Racine.
Il transporte dans l'ordre moral la règle traditionnelle qui donne à la tragédie pour objet les catastrophes des Empires. Il veut des passions autres
que domestiques.]

(*b*) Caractère du héros tragique. Corneille rejette
toutes les limites posées par Aristote. Il accepte le
héros parfait, le saint, le scélérat même. L'élément
essentiel est la *grandeur d'âme,* capable d'exciter l'*admiration.*

[*Nicomède.* Sans pitié, ni crainte.]

(*c*) Constitution des situations tragiques. Les quatre
formules d'Aristote. Pourquoi Corneille préfère celle
qu'Aristote exclut.

[*Discours*, ed. Marty-Laveaux, t. i, pp. 67-68.]

(*d*) Invraisemblance du sujet tragique : d'où nécessité du caractère *historique*, qui garantit la possibilité
de l'invraisemblable.

Mais l'art sera de produire l'invraisemblance des événements historiques par le jeu des vraisemblances psychologiques.

Le but du poète n'est pas la vérité historique mais
la vérité morale. D'où son droit d'altérer l'histoire, à
condition que le spectateur ne s'en aperçoive pas.

L'*histoire* sert quelquefois pour Corneille à limiter
la tyrannie des mœurs et bienséances contemporaines.

IV. Moralité de la tragédie.

Pour Corneille, elle n'est ni dans le dénouement ni
dans les sentences, ni dans la *purgation des passions*
(dont il ne sait trop que dire) : elle est dans la vérité,
la ressemblance avec la vie.

Les rois sont peints comme *hommes*. La puissance
royale ne sert qu'à rendre le jeu des caractères plus
libre, par conséquent les effets plus visibles.

Héros et scélérats sont pareils à l'homme moyen par
la nature des sentiments, différents par le degré, l'intensité.

La tragédie ainsi sera *naturelle*.

V. Opposition de cette conception de la tragédie à
la tragédie grecque, et même à la conception aristoté-
licienne.

Où est l'originalité de Corneille?
(*a*) Dans la généralisation de l'art ~~comique~~ *dramatique* qui
fournit les principes d'une technique applicable à tous
les genres dramatiques.

(*b*) Dans l'emploi de l'intérêt dramatique à l'explication du cœur humain : dans la création du drame psychologique.

Mais toute cette structure n'est encore que l'extérieur de la tragédie cornélienne ; c'est un art que tout le monde peut s'approprier. Ce qui est strictement personnel, incommunicable, c'est la *conception de la vie*, de la *nature humaine* que cette technique manifeste.

DIX-NEUVIEME ET VINGTIEME LEÇONS

LA CONCEPTION CORNELIENNE DE LA VIE
HEROIQUE. SON RAPPORT A L'A REALITE

I. La tragédie de Corneille contient une psychologie, une philosophie, un idéal : on peut dire « une conception de la vie héroïque. »

> [Cf. nos. 4926, 4930 et 4931, 4934 ; et surtout Lemaître (4932) ; Faguet (4935).—Cf. encore G. Lanson (4937).]

II. La vie héroïque consiste dans l'exercice de la volonté : ce que Descartes appelle l'*usage du libre arbitre.*

Identité de l'héroïsme cornélien et de la *générosité* cartésienne.

> [Cf. G. Lanson (4938).]

Traits communs : la volonté suivant la raison, fondant des résolutions sur des jugements clairs et vrais, considérant sa liberté, et la maîtrise de soi, comme les biens suprêmes, incapable de repentir comme de crainte, s'élevant à l'impassibilité et n'ayant plus qu'ironie et dédain pour toutes les causes qui veulent la troubler.

> [Auguste ; Cid ; Polyeucte. Nicomède.—Cf. Descartes, textes cités dans l'article de G. Lanson (4938.)]

81

6

Si la raison change de maxime, la volonté change
de direction.

[Emilie, *Cinna*, V. Cf. Descartes (*ibidem*).]

Rien n'est plus méprisable et misérable que la faiblesse de la volonté, l'irrésolution.

[Félix; Prusias, Ptolémée. Cf. Descartes (*ibidem*).]

Même attachée à une maxime fausse, la volonté forte
est estimable, a une grandeur qui se fait admirer.

[Cléopâtre (*Rodogune*); Attila.]

III. On reproche aux personnages cornéliens d'être
tout d'une-pièce.

(*a*) Il y a dans la nature et dans l'histoire des caractères tout d'une pièce, étroits, têtus, fanatiques, des
hommes d'une idée.

[Mystiques, anarchistes, conspirateurs, régi-
cides, etc.]

(*b*) Les héros cornéliens qui semblent tout d'une pièce,
le sont par un effort de volonté dans une crise qui tend
tous les ressorts de l'âme (le jeune Horace), ou au terme
d'un long exercice qui les a habitués à la maîtrise de
soi (Nicomède, César).

(*c*) Mais il y a plus de complexité qu'on ne croit
dans les caractères cornéliens.

[Le Cid; Curiace; Polyeucte; Antiochus et Séleu-
cus; et même le jeune Horace.]

(*d*) Caractères qui évoluent, forment ou transfor-
ment leurs résolutions au cours de l'action.

[Auguste; Polyeucte; Pauline.]

IV. Corneille exclut-il la sensibilité?
L'*impassibilité* cornéliénne n'est pas l'*insensibilité*.
La volonté suspend les effets extérieurs des passions

sans supprimer les passions, ni la souffrance ni l'agitation intérieures qu'elles causent.

> [Pauline *(Polyeucte,* I et II). Cf. Descartes *(ibidem).*]

Le héros *impeccable* est un homme qui se domine. Nicomède est le terme d'une série où la sensibilité est de plus en plus réduite sous la volonté.

> [Cid; Auguste; Chimène; Polyeucte; Pauline.]

Mais souvent la sensibilité fournit à la volonté sa matière, quand elle a l'adhésion de la raison : le rationalisme français n'exclut pas le sentiment, mais le contrôle et le modère.

> [Honneur (Cid) ; patriotisme (Horace) ; amour de Dieu (Polyeucte); fierté et dignité du rang (Nicomède.)]

La passion, souvent, est conçue comme *devoir* et *raison.*

> [Vengeance (Emilie) ; ambition (Cléopâtre).— Horace tuant sa sœur; « Ma patience à la *raison* fait place. »]

V. Les passions ne se divisent pas en *bonnes,* que la volonté adopte; et *mauvaises,* que la volonté combat : même les passions bonnes sont dans certains cas réprimées, au profit d'un devoir plus haut.

> [Famille et patrie dans *Horace;* l'amour conjugal et l'amour de Dieu dans *Polyeucte;* l'amour et l'ambition devant l'amitié fraternelle dans *Rodogune;* l'amour devant la fidélité au parti chez Pompée dans *Sertorius.*]

Théorie de l'*amour* cornélien.

Corneille n'ignore pas l'amour-instinct irrationnel, qui est, et qui ne s'explique pas.

Mais il peint de préférence l'amour-estime, qui suit

la perfection, et se déplace au besoin pour s'élever, à mesure que la connaissance s'éclaire.

[Chimène; Pauline.—Cf. Descartes (*ibidem*).]

Même l'amour-passion identifie son objet au bien suprême, et s'affirme raisonnable.

[Camille, dans *Horace*.]

De là le caractère nouveau du combat entre l'amour et le devoir. L'amour aussi, étant raisonnable, est un devoir. Il n'est pas question d'y renoncer : mais seulement, pour lui garder sa pureté, de n'y pas céder. On l'entretient en ne faisant rien pour lui. Un bel amour est légitime, à condition de se sacrifier toujours.

[Le Cid et Chimène; Polyeucte; Pauline.]

VI. Corneille a-t-il su peindre les femmes?

[Lemaître, Brunetière disent non.]

Les femmes de Corneille ne sont ni des héroïnes de roman naturaliste, ni des héroïnes de drame romantique, ni des femmes de Shakespeare ou de Racine.
Elles manquent d'inconscience, d'impulsivité, d'incohérence.
Mais ce qu'elles appellent raison est une passion.

[Chimène; Emilie; Laodice. La *gloire* des héroïnes de Corneille.]

Ce sont des sentimentales lucides, raisonneuses, énergiques, mettant leur foi ou leur fureur en maximes ; des âmes de nihilistes et de suffragettes ;

[Camille, Emilie.]

ou bien des femmes de cour, des femmes d'Etat.

[Cléopâtre, de *Rodogune*.]

Caractères effrénés sous leur masque de doctrine et de maîtrise de soi.

VII. Rapport de l'*héroïsme* à la *vertu*.

Le héros cornélien n'est pas un saint (malgré Polyeucte).

Actes douteux ou mauvais (duel; meurtre). Héros politiques (César, Pompée dans *Sertorius*, *Othon*). Héros scélérats (Cléopâtre, Attila.)

Le héros est un homme libre, lucide et énergique.

Moralité de cette conception. L'héroïsme n'est pas la vertu; mais il en est la condition et l'instrument. S'élever de l'instinct à la conscience, des biens inférieurs aux biens supérieurs; proportionner l'action à la connaissance; se faire une volonté qui ne résiste pas à la raison : cela suppose que la vertu est en nous la création de la liberté intérieure, et non le produit mécanique d'une conformité matérielle de nos actes à une règle externe.

VIII. Dans quelle mesure l'héroïsme cornélien est-il tragique?

Corneille rejette l'idée de la *fatalité*, source du tragique grec.

[Couplet d'*Œdipe*, III, 5, vers 1149.]

Le héros cornélien fait sa destinée, ou y consent, ou la méprise.

[Cid; Polyeucte; Horace, Nicomède.]

La tragédie cornélienne restreint rigoureusement la lamentation tragique, prend la misère tragique tout au plus comme le point de départ de l'effort héroïque qui est l'objet et fait la beauté du drame. Elle arrive à exclure le spectacle de la détresse humaine et à refuser la pitié.

[Nicomède.]

La tragédie grecque est une déploration de l'impuissance humaine : la tragédie de Corneille, une exaltation de la force, de la liberté de l'homme.

Corneille compense la perte de l'émotion tragique par l'intérêt dramatique et l'intérêt psychologique.

Mais n'y a-t-il pas un tragique de la volonté ? Il est dans le spectacle de la volonté dressée contre le destin, en triomphant par l'action ou le dominant par le dédain.

[Le *moi* de Médée.]
[Le Cid ; Horace *(qu'il mourût)*; Auguste.]

Il pourrait y avoir du tragique jusque dans Nicomède : ce petit prince, tout seul contre l'Empire romain, contre les siens, contre le monde entier qu'il défie.

Mais Corneille, ici, masque le tragique, l'étouffe, plus qu'il ne l'exploite. Il semble s'en refuser l'usage.

Dans ses dernières pièces, il le retrouvera parfois *(Suréna)*.

IX. Origine des conceptions cornéliennes de la volonté et de l'amour.

(*a*) L'image antique du vieux romain.

(*b*) L'image de l'honneur espagnol.

Mais ce sont plutôt des formes propres à la manifestation de l'idée. Elle est déjà dans *Médée* et dans la *Place Royale*.

(*c*) Le mouvement stoïcien de la Renaissance.

(*d*) Montaigne (notamment III, 10).

(*e*) Part à faire dans l'amour cornélien à la tradition courtoise, mais aussi à l'inspiration chrétienne : Saint François de Sales; l'*Imitation*.

(*f*) Les tendances générales de la société française contemporaine : lucidité intellectuelle, effort pour suivre la raison, foi dans la liberté.

(*g*) Les mœurs et caractères du temps : énergie et galanterie.

X. Ici se pose la question de la vérité de la psychologie de Corneille, de son rapport, d'abord, avec la vie du temps.

L'homme de Corneille n'existe-t-il que dans sa fantaisie? Les pièces de Corneille ne sont-elles que les rêves d'un *stoïcien mégalomane* (Lemaître)?

(*a*) *Sujets et intrigues :* Rapports avec la vie du temps.   Duels; conspirations; rois en fuite; reines ambitieuses; enfants supposés; disputes religieuses; princes arrêtés; usurpateurs; etc.   (*Cid; Cinna; Pompée; Rodogune* même et *Héraclius; Polyeucte; Nicomède; Pertharite.*   Voir les *Mémoires et Correspondances*, Mme de Motteville; La Rochefoucauld; Retz; Bussy-Rabutin, etc. Affaires de Tancrède de Rohan et de Marc de Saint-Géran.)

La politique et les intrigues de cour dans les dernières pièces : guerres civiles et partis; choix et rivalités de ministres; meurtres politiques, Guise, Concini, Wallenstein. (*Sertorius, Othon, Pulchérie, Suréna.*)

(*b*) Actualité des thèses morales et politiques : point d'honneur *(Cid)*—monarchie ou république? clémence ou rigueur? *(Cinna)*—machiavélisme *(Pompée)*—droit du mérite à compenser la naissance *(Don Sanche)*— guerres civiles : le devoir envers le parti, et le devoir envers l'Etat *(Sertorius)*—le droit du roi et le devoir du sujet *(Suréna)*, etc.

(*c*) Vérité des caractères.

(1) Bonhomie; ton bourgeois; sentiments domestiques.

(2) Les héroïnes de Corneille : énergie, aventure; amour et politique; amour et gloire.

> [Cf. les femmes du temps de Louis XIII et de la Fronde (Mmes. de Longueville, de Chevreuse, de Fiesque, etc.); les Précieuses (Mlle. de Rambouillet; Mme. de Hautefort); les princesses aimant au-dessous d'elles (Marie de Gonzague : la grande Mademoiselle).]

87

`, (3) Le héros cornélien, raison et volonté : idéal d'une époque, type où tendent les âmes supérieures du temps : Richelieu; Retz; Condé; Turenne; le grand Roi; Bossuet; etc.

Le portrait de La Rochefoucauld par lui-même (quoique par tempérament il soit tout autre). Là est la raison de l'accord de Descartes et de Corneille.

XI. Vérité éternelle et profonde de Corneille.

Comment Racine, le romantisme et le naturalisme nous ont obscurci cette vérité. Comment aussi elle apparaît moins dans les circonstances ordinaires et les temps paisibles (sauf dans les formes médiocres de l'héroïsme, l'impassibilité, la maîtrise de soi, l'intellectualité égoïste et froide des politiques.) Les grandes crises, les révolutions, les guerres font apparaître les formes supérieures des sentiments cornéliens.

(Lettres des soldats et du peuple de 1914-1918.)

XII. Comment enfin la langue et le style de Corneille sont aujourd'hui des obstacles à l'intelligence de la vérité de ses peintures.

Langue archaïque.

Style du temps de Louis XIII, précieux, emphatique, affectant la force; analytique, raisonneur et dialectique; traduisant tout frémissement de sensibilité en notation intellectuelle. Plein de finesse et d'esprit dans sa robustesse, et plus riche de sensibilité qu'il ne paraît.

Où est la poésie de Corneille? Il a plus que l'éloquence en vers. Poésie de drame et d'épopée : poésie de la vie réalisée avec intensité, dans une image agrandie et ennoblie. Peu lyrique, volontairement. Quelques jets de lyrisme dans les premières pièces, et quelques mouvements dans les dernières.

VINGT-ET-UNIEME LEÇON

LES CONTEMPORAINS DE CORNEILLE

1637-1652

I. C'est la belle époque de la tragédie. Autour de Corneille sont des talents originaux.

Ces contemporains n'ont ni une vue aussi personnelle de la nature humaine, ni son génie d'invention dramatique, ni sa science du métier, ni sa puissance artistique de style.

Mais tout en s'efforçant de construire leurs pièces selon l'art, ils ont le sentiment de la vie; ils savent exprimer les caractères et les passions.

Choix des sujets.—Quelques sujets modernes, particulièrement sujets pris de l'histoire d'Angleterre,

> [Thomas Morus, Marie Stuart, Comte d'Essex]

ou sujets turcs,

> [Tamerlan, Soliman];

quelques sujets sacrés, pendant 5 ou 6 ans :

> [*Saül*, de du Ryer (fin 1641)—*Polyeucte* (1642)—
> *Esther*, de du Ryer (1643); *Sainte Catherine*, de
> Saint Germain, de Puget de la Serre (1643); *Saint
> Eustache*, de Desfontaines (1643), de Baro (impr.
> 1649); *Théodore* (1645)'; *Saint Genest*, de Desfontaines (1645)', de Rotrou (1645, impr. 1648)];

quelques sujets romanesques, inventés, ou pris de la poésie ou de la *comedia.*

89

[*Alcionée* (ch. XXXIV de l'Arioste) ; *Venceslas* (pris de Rojas).]

Mais le plus grand nombre sont tirés de l'antiquité, soit du théâtre grec, de la mythologie et de la poésie,

> [*Iphigénie en Aulide, Méléagre, Ravissement de Proserpine, Didon, Turne*]

soit de l'histoire ancienne,

> [*Sémiramis, Zénobie, Cosroès, Mort de Crispe, Bélisaire,* etc.]

et surtout de l'histoire romaine.

> [*Lucrèce, Coriolan, Scévole, Virginie, Pompée, Brutus, Séjan, Mort de Sénèque, Mort d'Agrippine,* etc.]

D'ailleurs, fréquemment, on reprend des sujets déjà traités : large usage des tragédies de Hardy, des tragédies de la Renaissance, italiennes, françaises, latines, et des *comedias* espagnoles.

Parfois rivalité des poètes et des troupes de comédiens pour exploiter le même sujet.

> [Deux *Saint Eustache;* deux *Sainte Catherine;* deux *Saint Genest*; deux *Porcie;* deux *Lucrèce;* deux *Mort de Crispe;* deux *Virginie;* deux *Zénobie;* deux *Didon;* trois *Bélisaire;* etc.]

Absence de souci historique ; hardi modernisme : ces tragédies expriment les mœurs et les caractères du temps de Louis XIII. Mélange d'amour et de politique. C'est le fonds de sentiments et d'énergie parfois fougueuse dont Corneille offre l'expression idéalisée.

Tentative de tragédie en prose entre 1639-1645 : rares essais antérieurs en France et en Italie. La prose est recommandée par le principe de la vraisemblance.

> [Desmarets, *Érigone*, tragi-comédie, 1639 ; Scudéry, *Axiane*, tragi-coméie, 1643 ; La Calprenède,

Hermenegilde, tragédie, 1643; du Ryer, *Bérénice*, tragi-comédie, 1645; d'Aubignac, *Zénobie*, tragédie (jouée, 1645; impr. 1647)—Puget de la Serre, *Pandoste*, 1631; 4 tragédies et 1 tragi-comédie de 1641 à 1643.]

'Echec de cette tentative, ses raisons. (La tradition. Le peu de force de l'argument réaliste).

II. *Principaux auteurs.*

SCUDÉRY.

[Batereau (4787).]

Psychologie vague et fausse; style précieux et ampoulé, avec des élans d'éloquence; imagination vaste, curieuse de mouvement, de pittoresque, de coups de théâtre, tendant à la grandeur pompeuse : plus décorateur que poète. Mal à l'aise dans les règles.

Ne fait pas de tragédies après le *Cid*, et se retire dans le roman après 1641.

LA CALPRENÈDE.

Curieux de nouveauté, de sujets modernes. Rhéteur et romancier lui aussi : mais il trouve quelques situations fortes, quelques caractères fiers et tendres.

[Le jugement de Northumberland dans *Jeanne d'Angleterre;* Lady Cecil, amoureuse et jalouse, dans le *Comte d'Essex.*

DU RYER.

[H. Carrington Lancaster (4844.S)]

Mauvais écrivain. Vient à la tragédie après le *Cid*. Goût de nouveautés (tragédies sacrées; prose).
Les tragédies sacrées manquent d'esprit religieux :

[*Saül; Esther*]

ce sont des pièces galantes et politiques.

Parmi les tragédies profanes, *Thémistocle* (1647) est
un sujet manqué.

Deux tragédies romaines : scènes pittoresques et en
quelque sorte réalistes de *Lucrèce* (1638). Force des
caractères de *Scévole :* le Romain fanatique, Scévole;
l'émigré furieux, Tarquin; le roi protecteur du droit
divin des rois, Porsenna.

Grand succès d'*Alcionée :* sujet romanesque.

Raison du succès : actualité des sentiments et des
caractères. C'est la tragédie de la cour et du cabinet
des princes.

TRISTAN.

[Bernardin (4856)]

Tempérament tragique : 5 tragédies contre une tragi-
comédie.

Pour *Mariamne,* cf. la douzième leçon.

Panthée ést un sujet manqué.

Beauté et originalité des trois autres pièces :

1. La *Mort de Sénèque,* jouée 1644 :
Défauts de structure. Dessin énergique des caractères : Poppée, Epicharis. Curieuses et vivantes figures
de conjurés. Fierté et tendresse de Sénèque et Pauline. C'est la plus belle tragédie romaine à côté de
celles de Corneille et Racine.

2. La *Mort de Crispe,* 1645; c'est le sujet de *Phèdre.*
Tristan l'énerve. Mais il a cherché l'intérêt dans le
duel de deux femmes, fières et passionnées : Constance
et Fauste. Beauté émouvante et grandiose de ce dernier caractère.

3. *Osman,* écrit dès 1647, impr. 1656. Caractère épi-
sodique de la fille du Mufti; toute la tragédie est faite
de la lutte d'un homme contre une foule : Osman
domptant les janissaires, et enfin tué dans un nouveau
soulèvement.

Défauts de structure et de style chez Tristan. Mais

puissance d'imagination et d'expression : Il est poète.
Il a la couleur et la fougue.

Mélange de grandeur et de passion, et de réalité familière ou triviale.

ROTROU.

(cf. leçon xiii), après le *Cid*, se donne à la tragédie :
5 tragédies et *Venceslas*, contre trois tragi-comédies romanesques.

Antigone, *Iphigénie en Aulide*, *Bélisaire* sont d'un ordre inférieur.

Les chefs-d'œuvre sont :

(*a*) *Saint Genest*. 1645. Analyse. Sources.

> [Le P. Cellot, *Hadrianus martyr;* Lope de Vega,
> *Lo fingido verdadero*, 3ᵉ journée. (Cf. no. 4830)]

La peinture de l'enthousiasme chrétien est mêlée de scènes familières de la vie des comédiens.

(*b*) *Venceslas*, 1647. Analyse. Sources.

> [Hascovec (4831.S.) ; Carrington Lancaster (4831.S.)]

Beauté du sujet, des caractères du vieux roi et du prince Ladislas.

(*c*) *Cosroès*, 1648. Sources.

> [Le P. Cellot, et son *Chosroès*. Début pris à
> Lope de Vega (Cf. 4833).]

Comparaison avec *Nicomède*. Analyse. Caractères de Sira, Siroès, et Cosroès.

Originalité de Rotrou dans ses emprunts. Tempérament poétique de Rotrou : plus poète que psychologue. Imagination vive et sensibilité tendre.

Racine l'a beaucoup lu.

CYRANO DE BERGERAC.

> [P. Brun (3818)]

La Mort d'Agrippine, 1653. Pièce mal bâtie avec de beaux vers : expression du libertinage philosophique du temps. La pièce fit scandale.

Après la Fronde se clôt l'époque héroïque de la tragédie classique.

VINGT-DEUXIEME LEÇON

DE *PERTHARITE* A *ANDROMAQUE;* THOMAS CORNEILLE ET QUINAULT.

I. Principaux auteurs de cette période peu étudiée : Gilbert, Magnon, l'abbé Boyer; puis le sieur de Montauban, l'abbé de Pure, Mlle Desjardins; le sieur de Prade; Thomas Corneille; Quinault.

[Sur tous ces auteurs, voir les frères Parfaict (63).]

Enfin rentrée du grand Corneille avec *Œdipe.*

Influence dominante de Corneille; mais peu de vrais disciples qui prennent sa conception de l'héroïsme :

L'abbé de Pure (*Ostorius*), ridiculement; Th. Corneille et le jeune Racine (*Alexandre*), adroitement.

On lui emprunte en général : 1º le goût de la politique; 2º, l'art de l'intrigue. et des coups de théâtre, dont *Rodogune* et *Héraclius* sont les modèles.

Avec cette influence se combinent :

1º, la tradition de la tragi-comédie, qui achève de se confondre avec la tragédie, lui prenant l'histoire et la politique, lui communiquant l'esprit romanesque;

2º, la vogue du roman héroïque (La Calprenède, Mlle de Scudéry), qui vulgarise l'emploi des incógnitos et reconnaissances, et d'une psychologie fade et conventionnelle.

La tragédie commence à n'être plus qu'un assemblage de clichés et de lieux communs.

Le modèle littéraire s'est substitué à la vie.

Deux auteurs à considérer de près : Thomas Corneille et Quinault.

II. THOMAS CORNEILLE.

[G. Reynier (5824).]

Ecrivain universel, fécond et médiocre. Sa première comédie, 1647. Sa première tragi-comédie *(Timocrate)*, 1656. Sa première tragédie *(La mort de l'Empereur Commode)*, 1658.

Trois tragi-comédies et 14 tragédies de 1656 à 1695.

Pas d'originalité. Il subit trois influences principales, d'où trois catégories dans ses œuvres.

1. Influence des romans et de Quinault.

Timocrate, pris de Cléopâtre; *Bérénice*, prise du Grand Cyrus. Invraisemblable succès de *Timocrate*, roman absurde, sans vie ni vérité.

La *Stratonice* de Quinault, refaite dans *Antiochus;* l'*Amalasonte*, dans *Théodat :* adresse des imitations.

2. Influence du Grand Corneille.

Th. Corneille s'inspire souvent du 5ᵉ acte de *Rodogune*. Il essaie de reproduire les grandes scènes d'histoire et de politique, et les grands caractères, généreux ou scélérats, de Corneille.

Laodice, réplique de Cléopâtre (de *Rodogune*).

La Mort d'Annibal, copie de *Nicomède*.

Th. Corneille est un imitateur intelligent à qui manque le style.

3. Influence de Racine à partir de 1672.

Le Comte d'Essex (1678) imite Corneille et Racine : le comte est un héros de Corneille; la reine Elisabeth est, sous la fierté cornélienne, une âme racinienne.

Ariane est une imitation plus pure de Racine.

Dans ces deux pièces, très intelligente copie de l'action racinienne, simple et nue, poussée par les seules passions des personnages.

III. Quinault.

[Nos. 5826-5837 : pas de bon travail encore sur les tragédies. Thèse annoncée de M. Gros.]

Débute en 1653. Vient en 1656 à la tragi-comédie. Six tragi-comédies et cinq tragédies de 1656 à 1670. Se tourne ensuite vers l'opéra (avec Lulli).

Dates à rectifier :

Amalasonte, 1657.

Stratonice, 2 janvier 1660.

Astrate, entre le 27 décembre 1664 et le 6 janvier 1665.

Pausanias, 16 novembre 1668.

Bellérophon, 1670.

Quinault n'a pas été influencé par Corneille, ni (sauf dans ses deux dernières tragédies, très légèrement) par Racine. Peu par la *comedia* espagnole. Son théâtre sort du *Grand Cyrus* et de *Clélie*.

1. Romanesque de l'action ; moyens artificiels (déguisements ; incognitos ; fausses confidences ; coïncidences ; lettres trouvées, perdues, supposées ; l'*anneau royal*, etc.)

Ce n'est plus la psychologie qui crée l'action.

Maigreur d'invention psychologique et pathétique qui fait accumuler les situations.

2. Romanesque des sentiments.

L'amour partout, au-dessus de tout ; seul mobile, seul caractère, seul devoir.

Toujours humble, tendre, empressé, respectueux, incapable de crime.

Quinault passe à côté des sujets de Racine (dans *Amalasonte, Pausanias, Bellérophon*).

Où est le mérite de Quinault ?

1. Elégance aisée du style. Agréable expression d'un idéal mondain de galanterie et de belles manières.

2. Quinault reprend la matière de la Pastorale, la peinture du sentiment ni comique ni tragique ; la comédie de l'amour, naissant, timide, contrarié, inquiet,

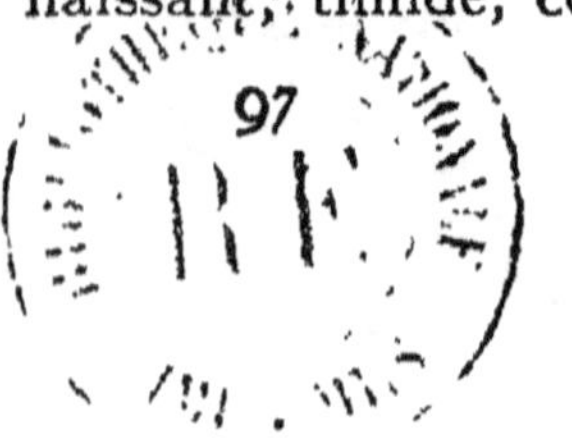

jaloux; conflit de l'amour et de l'amour-propre ou du préjugé social; malentendus des cœurs. Ici, réelle originalité.

Les héros de Quinault sont des personnages de Marivaux en costume grec ou romain. *(Stratonice; Pausanias.; Bellérophon.)*

Vérité particulière de cette peinture (par rapport à une société très polie et très artificielle). Parfum poétique de tendresse élégante et discrète : poésie de ruelle et de boudoir, de bosquets de Versailles.

C'est un retour vers la tragédie lyrique : l'action psychologique n'est plus le ressort de l'intrigue, mais produit des émotions qui s'épanchent en tirades.

Ces tirades deviennent aisément des *récitatifs* ou des *airs* : l'opéra de Quinault n'est qu'un prolongement de sa tragédie.

D'ailleurs, pendant cent ans, l'opéra français demeurera réellement une *tragédie* musicale (soumission de la musique au drame).

Quinault et Corneille, si inégaux de génie, sont les deux points de départ de Racine.

VINGT-TROISIEME LEÇON

RACINE

L'EPOQUE; L'HOMME

[Ed. P. Mesnard (5725); éd. scolaire Bernardin (5733; Gonzague Truc, Jean Racine, 1926.]

I. Vers 1660 changement dans le goût public.

La société polie se désintéresse de la politique et dès matières d'Etat. La vie est remplie par l'intrigue et l'amour : l'amour seul (sauf pour le vieux Corneille), fournit la matière tragique.

Evolution de la *préciosité* vers *l'honnêteté*, là délicatesse sobre des manières et des sentiments. La galanterie fine remplace l'outrance héroïque; la fierté n'est plus l'idéal, mais l'amabilité; l'éducation du monde crée un « naturel » exquis. Mais sous le changement des manières, changement plus profond dans les âmes. Passage de la *galanterie* à la *sensibilité*.

> [Autour d'*Andromaque* et *Bérénice* (1667-1670), les *Lettres portugaises* (1669), *Zayde* (1670), et bientôt la *Princesse de Clèves* (1678).
> Cf. von Waldberg (7114).]

La passion, maintenant, est sentie comme *jouissance*, non plus seulement comme impulsion : le sentiment, même douloureux, est la seule vie désirable.

En même temps, par trente ans de vie de société, et par une génération de chefs-d'œuvre, l'esprit français a pris confiance en lui-même. S'il garde le respect, très

indépendant au fond, de l'antiquité, il rejette l'Espagne
et l'Italie.

[Cf. Boileau, *Art Poétique;* le P. Bouhours (5399).]

Empire croissant de la langue et de la civilisation
françaises, favorisé par le prestige militaire et politique
de Louis XIV, et par l'état des autres littératures euro-
péennes.

[Cf. F. Brunot t. IV et V (3038).]

II. Contradiction des jugements sur Racine.

Taine (21024), Brunetière (5790), ne voient chacun
qu'un aspect. Il faut réunir leurs points de vue, et y
joindre ceux de Voltaire, La Harpe (5786), Sainte-
Beuve (5735), et d'autres, pour comprendre toute l'étendue et la complexité de son génie.

III. Sur la vie et le caractère de Racine, voir la No-
tice de P. Mesnard (no. 5725, t. i, complétée par les
nos. 5734-5753, 5756.S, et 5758.S).

Points à retenir :

(*a*) La famille bourgeoise et pieuse; natures ardentes.

(*b*) L'éducation janséniste.

(*c*) L'étude de l'antiquité, et surtout du grec. *Livres
annotés* de Racine, prouvant la solidité et la finesse de
sa connaissance. Rareté et valeur de *l'hellénisme* dans
la littérature française.

(*d*) La rupture avec Port Royal et la famille.

(*e*) La vie amoureuse de Racine : la Duparc, la
Champmeslé.

(*f*) Le tempérament vif, l'amour propre irritable.

(*g*) Le mystère de la retraite de Racine : que le pré-
tendu insuccès de *Phèdre* n'en est pas la cause. Crise
morale et conversion.

(*h*) Sensibilité fine et profonde de Racine. Ce qu'il
y a de vrai dans la légende de sa disgrâce et de sa
mort.

(*i*) Contraste des orages intérieurs, de cette vie agitée du cœur emporté tour à tour par des passions contradictoires, et des manières extérieures, nobles, aisées, discrètes, calmes. Même antithèse dans l'œuvre.

(*j*) Racine s'enferme dans l'amour, la religion et la littérature. Indifférence au reste (philosophie, politique, et même, semble-t-il, beaux arts).

(*k*) Traits apparents dans la biographie par où Racine se distingue de la forme commune de son temps :

(1) Jansénisme; (2) sensibilité; (3) hellénisme.

Ce sont les trois caractères (avec la puissance inexplicable du génie) qui doivent être ajoutés aux causes sociales de Taine, pour qu'elles produisent Racine plutôt que Quinault ou Pradon.

VINGT-QUATRIEME LEÇON

LE SYSTEME DRAMATIQUE DE RACINE.

[Deltour (5759), abbé Granet (5760), J. Lemaître
(5792), Lebidois (5797), Sarcey (5798), P. Janet (5789)]

I. Premiers essais : la *Thébaïde*, 1664; *Alexandre*,
1665.

La Thébaïde. Tragédie cornélienne; très peu grecque, mais pathétique et funeste.

Alexandre. Succès plus grand; mais la pièce tient
autant de Quinault que de Corneille.

II. *Andromaque*, 1667 : expression d'un tempérament
original. Succès et polémiques. D'*Andromaque* à
Phèdre, 1667-1677.

[Cf. l'éd. Mesnard; Deltour, Granet, Michaut
(5801), et les nos. 5769-5776.]

Lutte de Racine contre les partisans et l'idéal galant
de Quinault, contre les partisans et l'idéal héroïque de
Corneille.—Il s'oppose à Corneille dans *Britannicus* et
Mithridate; à Quinault (plus qu'à Corneille) dans *Béré-
nice;* à Quinault, dans *Bajazet;* à tous les deux, dans
Andromaque, et dans *Iphigénie* et *Phèdre*.

Les *Préfaces* de Racine : pièces d'actualité, et desti-
nées à l'apologie. On ne doit pas y chercher un exposé
exact et complet de la théorie de l'auteur, ni de sa pratique.

Racine ne croit pas inventer une tragédie nouvelle.
Fidélité aux *règles*, expression de l'art des anciens et

de la raison universelle. Il accepte le système dramatique de Corneille et de l'abbé d'Aubignac.

Mais accent personnel, esprit nouveau. Racine est
plus créateur qu'il ne prétend l'être.

(*a*) Il perfectionne la beauté propre de la tragédie
française.

(*b*) Il y réintègre la beauté propre de la tragédie
grecque.

III. *Choix des sujets.*

(*a*) Tous (sauf un) antiques et profanes : les uns historiques, d'autres fabuleux ; les uns et les autres, à l'ex-
ception de *Bérénice*, préparés déjà par l'art des anciens
(Euripide, Homère, Virgile, Tacite, Plutarque).

(*b*) *Bajazet* et les sujets modernes.

Leur rareté relative dans la tragédie française. (De
1552 à 1656, pamphlets déduits : 16.—De 1656 à 1672 : 0.
—De 1672 à 1683 : 7.—De 1683 à 1702 : 0.—Un certain
nombre au xviii° siècle.)

Raisons diverses, politiques et littéraires, de cette
rareté.

Raison esthétique donnée par Racine, et qui autorise
un sujet turc, mais non les sujets anglais ou français :
préface de *Bajazet*.

(*c*) Qualité pathétique, funeste et tragique de la plupart des sujets de Racine.

Erreur de prendre *Bérénice* pour la *tragédie type* du
système racinien ; c'en est la *limite*. *Bérénice* est unique,
et est suivie de *Bajazet*.

Racine revient aux sujets de la Renaissance, c'est à
dire, à l'esprit du théâtre antique dans le choix des
sujets.

IV. *Organisation des sujets :*
Habileté de métier de Racine.
Réduction aisée des sujets aux unités.
Il conserve et affine l'art cornélien de l'intrigue.

Deux types : 1°. La progression, avec un seul revirement, vers le dénouement. 2°. L'oscillation, d'acte en acte, vers le. dénouement heureux et le dénouement malheureux.

Jeu du ressort psychologique, avec un emploi modéré et vraisemblable des coïncidences et des moyens extérieurs (*Mithridate, Phèdre*).

V. La psychologie de Racine lui fournit le moyen de réaliser un art nouveau (la tragédie nue, sans événements, toute en discours pathétiques : conçue abstraitement par d'Aubignac, sans qu'il ait su montrer comment elle pouvait s'exécuter).

Du pessimisme janséniste, et des expériences de sa vie intime, il tient l'idée de la volonté faible, incapable de résister aux passions.

Dès lors une pièce peut être faite des agitations et des contradictions d'une âme tourmentée et qui n'arrive pas à se fixer : la formation d'une résolution irrévocable (ou à qui l'exécution immédiate ne permettra que les vains regrets), remplit toute une pièce.

[*Andromaque; Bajazet; Iphigénie.*—Phèdre, elle, glisse sur une pente.]

L'*option* tragique : une âme contrainte de choisir entre deux intérêts chers, et de faire elle-même son malheur. Elle cherche à s'y dérober : ce qui produit de l'action. Elle veut, ne veut plus : ce qui produit des revirements (*Andromaque; Bajazet*).

Les âmes passionnées et faibles souvent ne sont pas franches avec les autres ou avec elles-mêmes : elles ont souvent quelque chose à cacher ou à se cacher, dont la découverte donne de la matière à l'action dramatique. D'où naissent des *reconnaissances* et des *péripéties* d'un genre neuf, sans imbroglio mélodramatique.

[*Britannicus—Bajazet—Iphigénie—Phèdre.*]

Par cette psychologie, voie ouverte à une simplicité inconnue de Corneille et de Quinault. Chez les devanciers de Racine, beaucoup d'action dans les entr'actes et dans la coulisse. Chez Racine, avant le dénouement, toute l'action est dans les âmes et se fait sur la scène.

Il y a encore deux intérêts dans *Andromaque* et dans *Britannicus*. Dans toutes les autres, un seul *fil*. La tragédie de Racine est une tragédie à trois personnages.

> [Deux hommes, une femme. Deux femmes, un homme.]

Bérénice, en réalité, est à deux personnages. Par là encore cette pièce est une *limite*.

Ce n'est pas le retour de la tragédie antique. Il y a toujours une intrigue (nœud et dénouement). Mais dans l'intrigue, Racine essaie de se rapprocher de la simplicité de la tragédie sans intrigue.

VI. Toutes les bienséances du temps, et l'intérêt psychologique bannissaient de la scène l'exécution matérielle des événements tragiques. Racine pousse cet art aux dernières limites.

Mais alors comment réalise-t-il le pathétique de ses sujets sans montrer les actes et les états funestes ?

Il écarte le spectacle des misères physiques.

Il suggère par des mots et des jeux de physionomie les actes atroces et les craintes extrêmes (Le *Sortez* de Roxane ; et le cri de Monime : *Seigneur, vous changez de visage*).

Il montre les douleurs et misères dans la préparation plus que dans les effets des actes.

Pathétique tout moral, assorti au caractère psychologique du drame français.

Cependant, au dénouement, l'acte tragique sort des âmes et se projette dans une action visible.

Racine le met en scène, quand l'exécution en est ra-
.pide, et non sanglante ou désordonnée.

[Atalide, Phèdre s'empoisonnent.]

Mais quand l'événement a une durée, quelque complication, et demanderait du spectacle, Racine le met
en récit.

Développement de la narration épique, des récits
courts d'*Andromaque* et *Britannicus* aux morceaux ornés
d'*Iphigénie* et *Phèdre* (vrais tableaux d'opéras).

Ce développement se fait sous l'influence des Grecs.

On retrouve donc partout chez Racine la combinaison
de l'art français, hérité de Corneille, et de l'art grec,
dont son éducation lui a donné l'intelligence : c'est cette
combinaison qu'il faut maintenant étudier.

VINGT-CINQUIEME LEÇON

LE SYSTEME DRAMATIQUE DE RACINE

(SUITE)

I. Très fine connaissance de l'antiquité grecque chez Racine, et goût vif.

> [Cf. ses livres annotés et remarques (5725 et 5737).]

En même temps, esprit très moderne, en plein accord avec les tendances de son temps.

Le problème donc a été pour lui : comment, dans la tragédie française, en y conservant le goût français, réintégrer le pathétique et la beauté de la tragédie grecque ?

II. Voyons d'abord comment il adapte à la scène française les sujets tragiques des Grecs.

(a) L'*Hippolyte* d'Euripide. La misère humaine suite d'un conflit de dieux : Artémis, Aphrodite, participent au drame.—Phèdre, ravagée d'une passion fatale, instrument de la haine divine, disparaît au milieu de la pièce.—Hippolyte est le protagoniste : sa « passion » est le sujet tragique; la victime est au premier plan. La tragédie est disposée de façon à porter au comble la pitié pour l'homme écrasé par la force divine.

> [Cf. A. et M. Croiset, *Histoire de la littérature grecque*, t. iii, ch. 4 (et notamment p. 123).]

La *Phèdre* de Racine. Au lieu de la victime, l'agent du crime devient le personnage principal. L'action divine est reléguée à l'arrière-plan; on ne croit plus aux dieux. La tragédie est mue par des passions humaines. L'intrigue conduit Phèdre par degrés, et par le jeu naturel des ressorts psychologiques, à l'aveu, à la calomnie, à la jalousie qui l'empêche de révoquer son accusation, au remords et à la déclaration de son crime, et enfin à la mort. Introduction des bienséances françaises, de l'amour tendre (Aricie). Intérêt dramatique et psychologique renforcé.

(*b*) *Andromaque.* Analyse de l'*Andromaque* d'Euripide : fragment d'épopée barbare.

Bienséances sociales et goût artistique qui font transformer le sujet grec (Astyanax substitué à Molossos).

Construction d'une intrigue : complications sentimentales, et mécanique psychologique.

Conflit et réactions réciproques des caractères passionnés (cf. no. 5789). Le changement essentiel par où se manifeste le passage du sentiment *passif* et lyrique à l'*action* psychologique et dramatique, consiste en ce qu'Andromaque est obligée de *décider* de la mort ou de la vie d'Astyanax, de *choisir* entre le souvenir d'Hector et le salut de son fils.

III. Mais Racine, dans tous les sujets antiques qu'il rend français, conserve trois traits caractéristiques de l'art tragique (lyrique et épique) des Grecs :

(*a*) L'individualité poétique des figures.

Comme Corneille et Molière, il peint l'*homme*. Mais il exprime les types à travers les figures individualisées de la poésie ou de l'histoire antiques, auxquelles il essaie de conserver leur caractère légendaire de grandeur, de violence ou de charme.

[Comparer, pour l'exactitude historique, Auguste, Nicomède, Othon, avec Néron, Agrippine et Mithridate.]

(*b*) L'atmosphère de poésie merveilleuse et lointaine, le fond *épique* de la tragédie grecque.

Le respect de l'histoire chez Racine : sa lutte contre les critiques de ses pièces. Cependant il altère les faits ou la couleur pour la bienséance; il altère ou invente les faits pour les besoins de l'action, de la psychologie, ou de l'effet poétique.

Il ne cherche pas la *couleur locale* des romantiques, ni la vérité archéologique de Leconte de Lisle.

Mais une couleur légendaire, une atmosphère poétique : une vision de grandeur épique appropriée au goût de noblesse et de dignité de son temps.

> [Sur la mythologie de Phèdre, cf. J. Lemaître, *Impressions de théâtre*, t. i, p. 78.—L'époque alexandrine et la Rome impériale lui conviennent mieux. (Cf. no. 5794).]

Ce souci visible même dans *Bajazet*. (Cf. nos. 6003, et 6023-24.)

L'idéalisation de la passion, représentée dans sa violence et brutalité réelles, se fait par ce recul dans la légende lointaine, en même temps que par l'art discret de l'expression.

(*c*) Enfin l'intensité douloureuse et tragique, le *pathétique* de la tragédie grecque, l'expression *lyrique* de la misère humaine : éléments sacrifiés par Corneille, Quinault, et tous leurs émules.

Nature des sujets de Racine (cf. plus haut); violence des situations; états désordonnés des caractères : où éclate la fatalité de la misère humaine.

Mais fatalité interne, non externe. Point d'action divine apparente dans les tragédies profanes. Seulement prédestination secrète au malheur ou au crime, que les circonstances forcent à se réaliser en actes.

[Oreste-Mithridate-Phèdre-Néron.]

Pourquoi *Bajazet*, en ce sens, est la moins *tragique* des pièces de Racine : moins même que *Bérénice*. Anecdote sanglante.

IV. Comment ces éléments antiques ont-ils pu se combiner avec les éléments modernes dans le cadre précis de la tragédie classique ?

(*a*) Réduction de tous les sujets à l'*amour*.

—Ajouté dans *Andromaque*, *Britannicus*, *Mithridate*, *Iphigénie*. Dans *Phèdre*, l'amour tragique, monstrueux, est doublé d'amour galant, tendre et poli.

L'amour fait le fond du sujet dans *Bajazet* et *Bérénice*, les deux moins antiques des pièces de Racine.

L'utilité de l'*amour* est :

(1) De représenter, dans les caractères individuels de la légende et de l'histoire, l'élément général de la nature humaine.

> [Hermione, Néron, Mithridate (le vieillard amoureux), Phèdre même.]

(2) De lier et resserrer tous les sujets.

> [*Britannicus :* scènes éparses de Tacite, liées par la rivalité de Néron et Britannicus dans l'amour de Junie.]

Comme dans la comédie, l'amour fournit l'intrigue.

(3) D'enfiévrer et d'exaspérer les caractères par le désir ou la jalousie, de façon à donner à l'action la violence nécessaire au pathétique, la rapidité nécessaire aux unités.

L'amour contient la haine, et tous les passages et revirements de l'un à l'autre.

Mais la réduction de tous les sujets historiques à l'amour est un artifice dont les effets pernicieux se feront vite sentir dans le théâtre français.

(*b*) Racine maintient rigoureusement le principe français de l'*action* : rien d'inutile.

Toutes les beautés épiques et poétiques sont en même

temps des ressorts psychologiques qui avancent ou retiennent le dénouement : de même, les traits singuliers de la physionomie des héros.

> [Les tableaux de la guerre de Troie et de la mort d'Hector dans *Andromaque*.—La grande scène de *Mithridate* (III)—La grande scène d'Agrippine et de Néron, (*Britannicus*, IV).—La couleur biblique dans *Athalie*.—L'amour propre de chanteur de Néron (*Britannicus*, IV).]

Parfois, pourtant, la peinture épique ou historique déborde le cadre de l'intrigue : *Mithridate*, III; *Athalie*, III. (Comme, chez Molière, la peinture du type.) C'est un coup de génie faisant céder la loi du métier à celle de la vérité.

De même, point d'expression lyrique de la douleur humaine qui ne soit aussi ressort. Rien après le dénouement.

> [Rapidité des fureurs d'Oreste.]

La plainte tragique jaillit, avant le dénouement, des situations qui contraignent l'âme à former des résolutions douloureuses.

> [*Andromaque, Phèdre, Mithridate.*

V. Dernier pas de Racine vers l'art grec : *Esther* et *Athalie*.
Circonstances.

> [Cf. nos. 5725 et 5756.]

Ce qu'elles imposent à Racine (pas d'amour); ce qu'elles lui permettent (religion; chœurs et musique).

Dans ces deux pièces, l'équilibre de l'art grec et de l'art français est rompu. Racine altère la forme classique de la tragédie pour la rapprocher de l'art antique : ou si l'on préfère, il amène à la perfection de l'art classique le genre de tragédie que Desmasures,

Jean de la Taille et Garnier (dans les *Juives*) avaient
cherché, et que le xviie siècle avait abandonné.

(*a*) Subordination et simplification de la psychologie. Plus de conflits intérieurs, d'analyses aiguës.

(*b*) Par la suppression de l'amour, simplification de
l'intrigue; déroulement large et naturel de l'action; in-
sertion aisée de scènes sans utilité directe pour l'action,
mais poétiques et vraies.

> [La Prophétie de Joad.]

(*c*) Retour au tragique des Grecs par le rôle de la
force divine dans l'action, et par la signification mystique des sujets.

Esther et *Athalie*, tragédies correspondant à la philosophie de l'histoire de Bossuet.

(*d*) Poésie d'*Esther* et d'*Athalie*.

(1) Poésie épique : couleur biblique. Elargissement
du goût français par le respect des livres saints.

> [Le caractère de Joad.—L'enfant montré (Astyanax
> non; mais Joas.)—Les crimes futurs de l'enfant de-
> venu homme annoncés.]

(2) Poésie humaine : la pitié de la faiblesse. Simplicité mélodramatique des thèmes : le tyran, le « traître » et l'innocent (femme ou enfant).

(*e*) Spectacle, décor, figuration.

L'unité de lieu rompue dans *Esther;* tricheries dans
Athalie, et dénouement en action, faisant tableau.

Emploi des chœurs et de la musique. Eclat et pompe
de la mise en scène.

> [Salle du trône d'Assuérus; jardins d'Esther.—
> Extase de Joad; couronnement de Joas; présenta-
> tion de Joas à Athalie.]

Esther et *Athalie* donnent, comme a dit Brunetière,
à la tragédie la tentation de s'incorporer la beauté de
l'*opéra* (tragédie lyrique française). Mais, surtout, ces

deux pièces inclinent le théâtre classique vers le type que les romantiques ont cherché.

Influence d'*Athalie* (réussite unique) sur l'évolution de la tragédie française après 1721 : Cette pièce crée ou renforce un besoin de poésie sensible et de mouvement scénique.

VINGT-SIXIEME LEÇON

L'ART DU STYLE ET DU VERS CHEZ RACINE. LA CONCEPTION ESTHETIQUE ET SENTIMENTALE DE LA VIE

I. *L'art du style et du vers.*

[Cf. nos. 5725, (t. viii) ; 5810, 5811, 5818, 5819, 5821.S ; nos. 349, 355, 3365,5708, 5709.]

L'art de l'expression poétique est une part du génie de Racine, et, plus encore que chez Corneille, ajoute à l'effet de l'invention dramatique.

Ce mérite de la forme lui a été reconnu de bonne heure, en dépit des critiques ; et sa perfection a pesé lourdement pendant un siècle et demi sur le style de la poésie française (5819). P. Mesnard (5725, t. viii) a fait valoir la variété du style de Racine. Cette variété résulte des faits légendaires ou historiques, des noms propres, etc., qui, par leur puissance d'évocation, donnent à chaque pièce sa couleur. Les procédés et le fond du style sont identiques partout.

(*a*) Vocabulaire restreint ; rejet des mots vulgaires ; emploi des mots nobles. Peu d'images ; pas de comparaisons.

(*b*) Comment Racine « rase la prose » et évite la prose. Tours et figures. Le but est : 1°, élégance et noblesse ; 2°, idéalisation poétique.

(*c*) Çà et là, détentes ou explosions, paroles fami-

lières ou cris violents, qui rompent la tonalité générale :
ce sont des « effets » calculés et rares.

(*d*) Développement logique enchaîné, symétrique,
distribué en longs couplets équilibrés plutôt qu'en ré-
pliques heurtées.

(*e*) Dans la période poétique, le distique et le double
distique sont les bases ordinaires ; mais pour la variété,
et pour l'expression des passions, la phrase se resserre
jusqu'à un vers ou un demi-vers, ou bien s'étale en 8
ou 10 vers.

(*f*) Structure aisée, régulière, nette de l'alexandrin
de Racine ; variée par de légers déplacements d'accents
ou de pauses. Point de véritables enjambements ; mais
des atténuations des accents principaux et des pauses
régulières, pour des effets précis, équivalents ou ana-
logues à ceux de l'enjambement. La technique est très
simple, presque pauvre ; mais l'application aboutit à la
création de la plus riche et délicate mélodie.

Dans le style et le vers, Racine poursuit l'harmonie,
la fusion de tous les éléments ; il voile la force et
adoucit les contrastes ; il unit l'expression analytique
et le mouvement synthétique.

C'est la perfection du purisme académique et de la
politesse mondaine.

Mais c'est aussi une création personnelle d'art et de
poésie qui dépasse l'idéal de l'Académie et de Versailles.

II. *La conception esthétique et sentimentale de la vie.*

[Cf. nos. 5790, 5792, 4935.]

(*a*) Vue contraire à celle de Corneille. La volonté
faible ou nulle, jouet de toutes les passions, et surtout
de l'amour.

Mais Racine n'est pas systématique. Tous les degrés
et toutes les formes se rencontrent chez lui (de Roxane

à Monime; d'Oreste à Acomat.) L'amour n'est plus
l'amour-estime de Corneille. Il ne se transforme pas
en intellectualité. Il est parce qu'il est; inexplicable et
irrationnel. Il a tous les degrés d'élévation et d'immoralité. Il est ce que le fait le caractère : opposition
à Quinault chez qui l'amour égalise toutes les humeurs.

Cependant Racine accuse certains caractères généraux
de la passion, qui se trouvent chez tous les passionnés.
En particulier, il conserve l'inconscience à travers
l'analyse.

Deux formes principales : l'amour égoïste, domina-
teur et furieux; l'amour tendre, dévoué ou protecteur.
De ces deux formes, la seconde est plus appropriée au
goût du temps; l'autre l'inquiète.

Précision, finesse et puissance de ces peintures. Leur
mesure : vraisemblance et convenance. Voile jeté sur
la brutalité des passions par la décence et la noblesse
de l'expression. Contraste souvent de l'idée hardie et
du style pudique.

(b) Racine donne à la femme le premier rôle dans sa
tragédie. Pourquoi ?

Son idée de la nature féminine : Elle n'est que sentiment.

Même les politiques (Agrippine), même les géné-
reuses (Monime) sont menées par le cœur, n'ont que la
logique du cœur.

Charme de sensibilité et de tendresse de certaines
figures où l'amour-passion ne se trouve pas.

[Andromaque; Josabeth; Esther.]

(c) Si l'empire de la femme dans la littérature date
de Racine?

[Brunetière (5790)]

On peut le faire remonter à Saint François de Sales
(*Introduction à la vie devote*) et à d'Urfé (l'*Astrée*).

Il est vrai que ce n'est qu'après Racine que cet empire est universel et reconnu.

Mais chez Racine même, la place donnée à la femme n'est que l'effet de la place prise dans la société.

(*d*) Ne pas se méprendre sur la signification de l'importance accordée à la femme. Elle n'est pas (malgré Brunetière qui s'appuie sur H. Heine) source d'enthousiasme et d'héroïsme. L'amour et la femme, chez Racine, sont des forces anarchiques, anti-sociales, conduisant à l'oubli de tous les devoirs, au malheur et au crime. La vie amoureuse apparaît comme la vie intense, la vie désirable entre toutes : aucune moralité apparente ne prévaut contre cette impression.

La tragédie de Racine est belle ; elle est vraie (elle l'était au xviie siècle d'une vérité particulière, outre la vérité générale). On peut douter qu'elle soit morale. (Racine ne l'a-t-il pas senti, quand il s'est converti ?)

(*e*) Ce qu'on peut dire en faveur de la moralité du théâtre de Racine. C'est moral, comme tous les livres et toute la vie, pour les êtres moraux. Tout est sain aux sains.

C'est moral, parce que c'est vrai, comme la plus grande partie de la littérature française. Appel à la libre réflexion et à l'autonomie de la conscience.

Il sort de Racine une impression de délicatesse morale, de distinction et de noblesse des sentiments.— Oui ; mais *civiliser* n'est pas *moraliser*.

Les amours furieuses, les amours qui absorbent toute l'âme, sont rares. Les âmes distinguées du monde réel ne deviendront pas des Orestes ou des Phèdres ; mais l'amour peut être pour elles un principe de désintéressement relatif et d'élévation relative. Il les arrachera aux appétits et aux calculs vulgaires. C'est en ce sens que le passage de Heine se retrouve vrai.—Oui ; mais à la condition de retrancher de l'amour des tragédies de Racine ce qu'il a de plus racinien.

Le plus juste est de prendre Racine comme une note dans le concert de la littérature du xviie siècle. Ce n'est pas de lui que viendra proprement, et surtout, l'impression morale; mais il amollira la dureté, il relèvera le prosaïsme de la raison classique. Il introduira dans cette littérature virile un charme féminin de tendresse et de poésie. Racine doit avoir son heure; se renfermer en lui serait faux et dangereux.

(*f*) Ce qui est entièrement vrai, c'est qu'avec Racine s'inaugure « la littérature des passions de l'amour » (Brunetière) : Non plus la description d'un idéal de courtoisie, mais la peinture vraie de la vie du cœur.— Pour compenser la perte du lyrisme et de la nouvelle tragique (ces genres du xvie siècle) s'offrent la tragédie, et bientôt à sa suite, le roman. L'objet principal de la « littérature française » (de celle qui va au grand public) est depuis Racine l'expression des joies, des ravages et des ruines que l'amour—donc la femme—introduit dans la vie intime et dans la vie sociale.

VINGT-SEPTIEME LEÇON

LES DERNIERES ŒUVRES DE CORNEILLE

1659-1674.

[*Manuel bibliographique*, nos. 4917 (t. vi.-vii), 4927, 4928, 4936S, 4950, 4969.]

I. Rentrée de Corneille au théâtre (1659). Rapprochement avec Molière (*Attila, Psyché*) contre Racine.

II. Inégalité des dernières œuvres de Corneille : *Œdipe, Sophonisbe, Agésilas, Tite* et *Bérénice :* ouvrages manqués (malgré la légèreté spirituelle de certaines scènes d'*Agésilas*).

Grandes beautés et beautés neuves dans *Othon, Attila, Psyché, Pulchérie, Suréna.*

[Quelques nouveautés techniques: dessin d'un rythme lyrique dans *Sertorius,* III, 2 ; vers libres d'*Agésilas* et de *Psyché.*]

III. Corneille demeure fidèle à sa théorie de l'art dramatique et à sa vue philosophique de la nature humaine.

Mais, dans les applications, il se laisse influencer, tout en protestant, par le changement de l'esprit de la société, et par le succès de ses jeunes rivaux, Quinault d'abord, puis Racine. .

IV. *La politique.* Grands tableaux d'histoire et grandes thèses encore dans *Sertorius.*

119

Mais ensuite Corneille s'attache surtout aux intrigues de cour et de cabinet : *Othon, Pulchérie.*

Curieuses peintures des mœurs de cour, et figures très vivantes de ministres, d'ambitieux, d'intrigants, de « femmes d'Etat », et de fines ou fières grandes dames. C'est une *comédie* très originale, et unique dans notre littérature, la comédie de la cour et du cabinet des princes.

V. *L'amour :* son mélange avec la politique est vraisemblable dans de tels milieux, aussi bien que la forme qu'il prend souvent (la galanterie). Mais il y a autre chose, et mieux, que de la galanterie dans les dernières œuvres de Corneille. Il y a quelques notes originales.

(*a*) Le caractère du *vieillard amoureux :* ni ridicule, ni furieux, souffrant avec dignité.

[Sertorius, Martian (dans *Pulchérie*)]

Origine personnelle de ces représentations. Corneille et la Duparc.

[Cf. les *Poésies diverses*, no. 4917, t. X, et Dorchain (+936.S.)]

De là, le réveil du cœur et le jaillissement de tendresse qui se manifestent aussi dans *Psyché.*

Attila : la révolte de la volonté contre le sentiment dont elle se sent subjuguée, et l'effort pour s'affranchir. —Le thème est déjà dans la *Place Royale.*

(*b*) Mélanges curieux et vraisemblables de sentiment et de calcul ou de dignité.

Les hommes poursuivent des buts politiques auxquels ils sacrifient ou subordonnent l'amour, avec dignité (Othon) ou avec cynisme (Aspar, dans *Pulchérie*).

Les femmes, sans être insensibles à l'ambition, modèrent l'amour surtout par la dignité (Camille et Plautine, dans *Othon; Pulchérie*) et tâchent parfois d'accorder la politique avec l'amour (Camille encore, aux prises avec Galba).

Originalité de quelques-uns de ces caractères de femmes de cour : elles sont très fines, démêlant et déjouant les intrigues des politiques (Irène dans *Pulchérie;* Justine, *ibidem*, conseillère de son père, et prenant de l'amour en secret pour Léon dans les confidences de Pulchérie; Plautine, dans *Othon*, rebutant l'affranchi Martian).

Sous l'empire de l'étiquette et des bienséances, les passions n'ont ni violence ni éclat (tour mondain et piquant de l'altercation de Plautine et Camille, dans *Othon*); tout est en *demi-teintes*, en expressions atténuées ; la souffrance est secrète et profonde, et perce à travers la mesure du langage.

Originalité du personnage d'Aristie dans *Sertorius :* l'honnête femme qui ne se contente pas de l'amour, comme une maîtresse, mais réclame sa place au foyer.

VI. La tragédie d'Attila. Œuvre bizarre, inégale et puissante.

Intrigue compliquée et un peu puérile : dénouement facile à tourner en ridicule.

Disparate de la subtile étude d'amour mise sous le nom d'Attila, et mêlée à toutes les images que le nom évoque.

Mais à côté de l'amoureux, le rôle d'Attila contient une étude puissante, unique au xvii° et au xviii° siècles, du *barbare*, orgueilleux, féroce, et rusé.

L'unité du personnage se rétablirait même, si l'on voyait dans l'attitude d'Attila à l'égard de l'amour un effort du *barbare* pour jouer au civilisé raffiné : ce serait peut-être un peu trop subtil et moderne ; mais le texte ne s'y oppose pas.

Cette figure étrange, trop en désaccord avec la civilisation française du xvii° siècle, ne fut pas estimée à sa valeur. Aussi hardie en sa conception que le Cromwell de Hugo.

VII. *Suréna.*

Simplicité toute racinienne de l'intrigue.

Originalité, vérité historique de la situation : le roi jaloux d'un sujet trop grand et à qui il doit trop, et de la jalousie passant à la haine, enfin à l'assassinat. Mais l'actualité manque : c'est la vérité d'un âge récent, mais enfin d'un autre âge (Guise ; Concini ; Wallenstein.—Fouquet).

Suréna aussi fier, plus émouvant, plus ému que Nicomède : valeur pathétique du rôle de Palmis, tremblante pour son frère.

Eurydice : la souffrance contenue, voilée par la fierté ; la souffrance qui ne pleure pas, et qui meurt.

Il semble que Corneille, sans quitter son point de vue psychologique, ait cherché dans cette pièce à rivaliser avec la sensibilité de Racine.

VIII. Corneille n'est pas compris des nouvelles générations ; on le délaisse. La vieille cour seule lui est fidèle. Cependant les quatre ou cinq pièces dont je viens de parler, élargissent notre idée du génie de Corneille, et n'ont rien dans notre théâtre qui leur ressemble.

VINGT-HUITIEME LEÇON

STERILITE AUTOUR DE RACINE
LES CLICHES TRAGIQUES

I. Quinault et Corneille éloignés, Racine reste seul.

[*Manuel bibl.*, nos 5843-5874.]

Médiocrité de ses contemporains : l'abbé Abeille; Pradon.

Quelques mots sur Pradon que ses querelles avec Boileau, sa rivalité avec Racine ont sauvé de l'oubli.

[Nos. 5759; 5838-5839, 5842.]

Pradon imite Racine, mais sans aucune intelligence des sujets antiques, sans aucun sentiment de la poésie. Tout son effort est de réduire la mythologie et l'histoire aux règles, à l'intrigue, et surtout aux bienséances modernes. Etudier comment il a énervé le sujet de *Phèdre et Hippolyte*.

Ecrivain plat et sec.

II. Après la retraite de Racine, éclat apparent de la tragédie. Fondation de la Comédie Française (1680), qui dispose du répertoire de Corneille, Racine, Rotrou, et tous les auteurs depuis un demi-siècle.

Grands acteurs : Baron, Mlle Duclos, etc.

Abondance des pièces nouvelles : de 1678 à 1721, débutent Campistron (1683), La Grange-Chancel (1694), Longepierre (1694), La Fosse (1696), Crébillon (1705), Voltaire (1718), La Motte (1721), et nombre d'autres qui ont leur jour de succès.

Le public aime la tragédie, et s'engoue comme il se dégoûte, facilement.

Sous ces brillantes apparences, stérilité et brusque décadence.

Quelles en sont les causes?

III. Le développement de la tragédie est gêné :

(*a*) Par les règles, traditions et bienséances qui restreignent la liberté de l'invention et interdisent la représentation vive et naturelle de la vie. Le *métier* passe avant tout.

(*b*) Par le public trop intelligent, trop appliqué à l'examen critique des œuvres, trop sensible au ridicule. Tout ce qui est nouveau, insolite, est exposé au ridicule.

(*c*) Par les *grands modèles* de Corneille et Racine qui ne s'imposent pas seulement à l'admiration, mais à l'imitation. La doctrine de l'*imitation*, née à la Renaissance, vaut toujours. Féconde quand elle s'applique d'une littérature à une autre, elle est un principe de stérilité, quand elle lie l'un à l'autre les écrivains de la même langue.

On extrait des œuvres des maîtres les recettes et formules de l'art; on constitue un répertoire des situations et effets qui réussissent. On compose même une langue convenue, un dictionnaire des expressions qui conviennent au genre tragique, et servent à tout dire.

IV. Voici les principaux clichés.

(*a*) Il faut *action principale* et *épisode*. Quand l'action principale est de politique, l'épisode sera d'amour : et inversement.

(*b*) Le *péril* du héros doit venir d'*un qui aime* ou devrait aimer. (Le meurtrier du tyran sera le fils du tyran, qui ne se connaîtra pas).

(*c*) L'émotion naît de l'*option tragique :* nécessité de choisir entre deux êtres chers, deux devoirs, un devoir et une affection, etc. (Le meurtrier du tyran aimera la femme ou la fille du tyran, ou inversement).

(*d*) L'émotion naît de l'*ignorance tragique :* de deux êtres chers, lequel est traître, et menace? Ou bien on ne peut distinguer l'ennemi et l'ami, et l'on risque de frapper l'ami, croyant frapper l'ennemi.

(*e*) Formule de la *tragédie d'amour :* un homme entre deux femmes; une femme entre deux hommes. Ce qui ouvre la porte à toutes les combinaisons de jalousie et de vengeance.

(*f*) Formule de l'amour tragique : celui qui outrage la nature, *l'amour incestueux* ou *quasi incestueux.*

(*g*) La conspiration à la cantonnade, pour fournir à point le dénouement sanglant.

(*h*) Les *incognitos, déguisements, malentendus :* leur usage pour l'intrigue, l'émotion *(reconnaissances),* et pour les bienséances (moyen d'adoucir et d'éluder les situations scabreuses; par exemple l'inceste, exploité pendant quatre actes, sera escamoté au cinquième par une reconnaissance; de même le parricide; ou bien il sera accidentel et involontaire).

(*i*) Clichés *psychologiques :* assortiment des sentiments et des caractères aux situations, aux besoins de l'intrigue. Et ils changeront selon ces besoins, surtout pour faciliter le dénouement.

(*j*) Clichés de *style :* Racine, mis en centons et mêlé d'un peu de Corneille, fournit la langue de toutes les tragédies.

Une tragédie se fait ainsi de pièces toutes faites, ajustées avec plus ou moins d'adresse, sans qu'on ait plus besoin de regarder la vie ou d'être capable de poésie.

V. Mais le malheur vient surtout de certaines contradictions intimes du goût français, dont le public n'a pas encore bien conscience.

(*a*) On admire Racine et on rejette les Grecs (Querelle des anciens et des modernes). On demande dans la tragédie la poésie dont Racine avait reçu le secret des Grecs; et l'on soumet la littérature, sans le contrepoids de l'antiquité, à la domination de l'esprit mondain, élégant, prosaïque, et froid.

(*b*) Une réaction contre la raison, l'analyse et l'esprit, commence à se faire sentir dans la société et la littérature. La sensibilité devient une source d'inspiration et une règle de jugement. On demande aux écrivains des émotions, fortes et tendres.

[Cf. nos. 5195 et 7114.]

Mais les habitudes de l'esprit et du style, et les bienséances s'opposent à la réalisation complète d'une littérature sentimentale. On analyse ce qu'on doit sentir; on craint le naturel comme *bas*, et l'énergique comme *brutal*. Les mœurs exquises de salon obligent à tamiser, voiler, énerver tous les effets. La société n'est pas capable de supporter le pathétique simple ou grand qu'elle demande.

(*c*) Vogue de *l'opéra* à la fin du xviie siècle et au commencement du xviiie siècle. Influence de *l'opéra* sur la tragédie, en deux sens :

(1) Dans le sens de l'expression pathétique et lyrique. Le livret d'opéra sacrifie l'intrigue et l'analyse; la musique réclame des situations touchantes et terribles qui donnent lieu au *chant*, et non à *l'action*.

(2) Dans le sens de la pantomime expressive et du spectacle. *L'opéra* se dispense des unités, développe la figuration, le décor, et met l'action en tableaux, non en récits.

Mais cette influence est contrariée par la routine des comédiens, par l'attachement du public aux unités, par des scrupules de goût dont l'opéra est affranchi, et par la présence des spectateurs sur la scène.

(*d*) On demande d'autre part à la littérature de se charger d'une fonction sociale, et d'enseigner au peuple la vertu. Naissance de l'esprit philosophique. L'intention didactique gêne l'effort vers la poésie et l'émotion.

Cependant la morale pourra se concilier avec le pathétique dans la représentation de la vertu malheureuse, qui fera de la victime le personnage principal de la tragédie. Mais on voudra présenter la vertu persécutée sans montrer la méchanceté persécutrice, dont l'idée répugne aux honnêtes gens : ce qui poussera aux artifices d'intrigue et à la fausse psychologie.

Ce double souci de pathétique et de moralité jettera la tragédie hors de la voie classique où l'admiration des modèles tendra obstinément à la maintenir.

En un mot, le goût de la *nouveauté* et l'attachement aux *habitudes* entreront en conflit, et disloqueront la tragédie.

Le malaise, apparent dès la fin du xviiᵉ siècle, ne cessera de croître. L'histoire de la tragédie, de *Phèdre* à *Hernani* (1677-1830), n'est que l'histoire des efforts impuissants qui ont été faits pour conserver, renouveler, restaurer la tragédie classique, et y acclimater les effets que sa constitution rejetait.

VINGT-NEUVIEME LEÇON

DE RACINE A VOLTAIRE

CAMPISTRON; LONGEPIERRE; LA FOSSE

[Cf. *Manuel*, nos. 5255, 5873, 5874.]

I. Le modèle est Racine; mais on ne peut atteindre à sa simplicité, et l'on recourt en général aux moyens de l'art de Corneille pour produire les effets pathétiques dont Racine entretient le goût.

De plus on retourne aux tragédies de la première moitié du siècle pour y prendre des sujets et des idées, comme Rotrou et ses contemporains allaient aux Espagnols.

II. *Campistron*. Sept tragédies de 1683 à 1691 (outre trois pièces non imprimées).

(*a*) C'est un imitateur :

(1) Son style est un perpétuel centon de Racine.

(2) Ses plans, ses caractères sont très souvent calqués ou compilés dans des ouvrages antérieurs.

(3) Banalité de son invention. Galanterie; fausse noblesse.

[*Arminius; Virginie; etc.*]

(4) Effacement de tous les traits particuliers qui font l'individualité et la vie. Abstraction.

(5) Adoucissement des sujets : escamotage du crime tragique.

(*b*) Mais Campistron a pourtant du mérite, et même une originalité.

(1) Intelligence de la tradition.

Intrigues simples, sans complications romanesques, avançant par le développement des passions.

Dans l'adoucissement des sujets, il conserve presque toujours la donnée essentielle :

> [*Tiridate* aime sa sœur; *Andronic* aime sa belle-mère (inverse du sujet de *Phèdre*).] ·

(2) Cependant pour toucher comme Racine, il quitte la voie de Racine : il concentre l'intérêt sur la *victime* qui redevient le personnage principal.

> [Hésitation dans *Virginie* et *Arminius*. Mais dans *Andronic*, *Alcibiade*, *Phocion*, *Tiridate*, Campistron nous attendrit sur les victimes d'une passion fatale où d'une noire trahison.]

(3) L'intérêt psychologique est très médiocre : les caractères, comme les situations, sont traités uniquement pour l'effet sentimental.

Andronic (sujet de *Don Carlos*) : héros romantique, fait pour souffrir et non pour agir, prédestiné au malheur.

Cette couleur du caractère ne vient pas de Saint Réal.

Tiridate (sujet d'*Ammon et Thamar*).

Peinture d'un amour qui n'a d'issue que dans la mort. *Tiridate* est une âme noble, mélancolique, emportée d'une passion fatale qu'elle déteste et chérit. Sentiments brûlants, désordonnés, morbides (nouveauté même après *Phèdre*).

Figure poétique du vieux roi (non sans réminiscence peut-être de Venceslas).

Le style mou et langoureux est assorti à l'inspiration. Campistron obéit-il à une impulsion intérieure ? Il ne ressemble guère à ses héros, semble-t-il; cependant on connaît mal sa vie. (Peut-être faudrait-il cher-

cher du côté des Vendôme, du Temple : milieu volup-
tueux et mélancolique).

[Cf. no. 5844 bis.]

Ou répond-il à la demande du public? Réel succès
de *Tiridate* : 25 représentations en 1691.

Néanmoins Campistron laisse une impression de faiblesse et de langueur.

Autour de lui, on cherche à réveiller la tragédie, à
produire des émotions plus vives et plus vigoureuses.

III. Variété des moyens tentés.

Boursault, sans succès, essaie de remplacer les sujets
antiques par les sujets modernes.

Au contraire, Pader d'Assezan, Longepierre, revien-
nent aux anciens, en allant même plus loin que Racine
dans l'imitation du pathétique grec.

La *Médée* de Longepierre, 1694.

[Nos. 5855 et 5859]

Cinquième acte manqué. Les trois premiers actes
sont tout à fait dans la tradition française (curieuse
figure de Jason : le séducteur). Mais le quatrième acte
est original : il est rempli par un monologue de Médée,
qui prépare ses enchantements et dit adieu à ses enfants.

Médée ne réussit pas en 1694, et ira aux nues en
1728.

IV. En 1698, La Fosse donne *Manlius* : c'est le premier cas d'influence du théâtre anglais sur la tragédie
française. La Fosse s'inspire d'Otway *(Venise sauvée)*.

[No. 5870.]

La *sensibilité*, trait caractéristique de tous les personnages.

[No. 5873 (P. i. ch. i).]

La Fosse introduit un caractère nouveau de femme, et une idée nouvelle de l'amour : une faiblesse touchante, cause de défaillances, non plus de fureurs, et qui pare d'un charme poétique les personnages qu'elle dégrade.

Manlius reste un cas isolé. Le temps de l'influence anglaise n'est pas encore venu.

TRENTIEME LEÇON

DE RACINE A VOLTAIRE
LA GRANGE-CHANCEL—CREBILLON—PREMIERES
PENSEES DE REFORME: HOUDART DE LA MOTTE

I. Les précédentes tentatives, en général, conservaient encore à la tragédie son caractère d'expression du cœur humain; une psychologie nouvelle s'y ébauchait.

En voici d'autres qui cherchent à produire le pathétique par l'intrigue et les événements.

II. D'abord *les tragédies à reconnaissances.*

[Exemples: La Chapelle, *Téléphonte*, 1682 (sujet de *Mérope)*; abbé Genest, *Pénélope*, 1684.]

III. LA GRANGE-CHANCEL : connu surtout par ses *Philippiques* contre le Régent.

[Nos. 5847 et 5848.]

Il donne 7 tragédies de 1694 à 1713 (et deux en sa vieillesse, qui sont sans aucune importance).

[No. 5854 S.]

Ses *Préfaces*, écrites tardivement (entre 1730 et 1750) le montrent ennemi des nouveautés, des Anglais, de ses jeunes rivaux et successeurs. idolâtre de toutes les règles, et se posant en disciple qui a reçu les leçons de

Racine, dont il s'essaie, comme les autres, à copier le style.

Mais il fait de la tragédie un mélodrame romanesque.

(*a*) Complication des intrigues; emploi des oracles, des déguisements et des méprises.

La Grange-Chancel a le goût des romans dont il mêle les données et les procédés aux sources historiques. Il paraît aussi emprunter à l'*opéra* les artifices surnaturels, qui amènent ou changent rapidement les situations.

(*b*) Il choisit volontiers, pour leur effet pathétique, les sujets impossibles à réduire à la tragédie psychologique, et devant lesquels la raison classique a reculé. Sujets grecs, repris ou non par la tragédie de la Renaissance.

[*Alceste; Méléagre.*]

L'effet de la *mort*, présentée non comme le fait qui dénoue, mais comme l'objet attendrissant dont on remplit les yeux et le cœur du spectateur, est redevenu une nouveauté.

[Avant *Alceste* et *Méléagre*, il y a *la Mort de Phocion* de Campistron.]

(*c*) Comme Campistron, La Grange-Chancel peint plutôt des états d'âme qu'il ne dessine des caractères.

[Oreste dans *Oreste et Pylade*: le dégoût de la vie.]

L'inquiétude romantique sur les conditions de la destinée humaine apparaît çà et là.

(*d*) La *pièce-type* est *Ino et Mélicerte*: l'analyse montrerait la constitution mélodramatique de cette tragédie dans les figures et les situations.

IV. Crébillon.

Caractère original de l'homme.

Il a donné sept tragédies de 1705 à 1726 (et deux encore en 1748 et 1755) : tous sujets antiques, mythologiques ou historiques. (Il avait entrepris un *Cromwell.*)

Crébillon est fameux en son temps par l'*atrocité* de ses sujets.

> [*Idoménée; Atrée; Rhadamiste et Zénobie.*
> Tullie à la fin du *Triumvirat*, soulevant le voile qui couvre la tête de son père Cicéron.]

Ce serait la *tragédie de sang* du xvi⁰ siècle, si Crébillon n'employait pas tout son art à voiler cette atrocité. Son goût est en antagonisme avec ses sujets. Crébillon n'a pas de poésie dans l'âme; il ne sent ni la poésie de la légende, ni la poésie de l'histoire. Il n'a ni émotion religieuse ni curiosité politique.

D'une sentimentalité attendrie et emphatique, il ne voit dans ses sujets que des anecdotes pitoyables, auxquelles il applique une imagination romanesque.

(*a*) Elève de Racine, mais tout autant de Quinault, et dédaigneux des anciens, il réduit tous les sujets à l'amour, il en efface le caractère original pour donner lieu aux conflits de l'amour et des affections ou des devoirs.

(*b*) Pour former une intrigue accidentée, il multiplie les déguisements qui produisent des malentendus et des reconnaissances.

> |Oreste passe pour Tydée.—Dans *Sémiramis*, Mérodate, Agénor. Ninias ne sont qu'un même personnage.]

(*c*) Ces déguisements substituent aux *crimes* tragiques des *accidents* mélodramatiques. Il ne reste que l'intérêt de surprise, et l'horreur du fait-divers sanglant.

[*Sémiramis, Rhadamiste, Electre.*]

A travers tous les adoucissements, le public du temps sentait chez Crébillon quelque chose de sauvage.

[D'Alembert, *Eloge de Crébillon*, éd. de 1787, iii, p. 465.]

Dans ce traitement romanesque, la psychologie classique n'a plus de place. Les personnages s'agitent dans l'obscurité, et subissent plus qu'ils n'agissent. Ils ne délibèrent plus; ils réagissent contre la destinée ou le hasard par des convulsions ou des gémissements. Ils arrivent à être dans l'état du lyrique romantique.

En réalité, Crébillon fait des mélodrames *noirs* après les mélodrames *touchants* de La Grange-Chancel.

Conclusion : de 1680 à 1715, la tragédie se détourne de l'analyse psychologique vers l'expression pathétique, au service de laquelle est mis l'art de l'intrigue.

V. Premiers Réformateurs, qui ont conscience d'une nécessité de modifier l'esprit ou la technique de la tragédie. Les uns sont des critiques qui en demeurent à la théorie; les autres font aboutir la critique à un effort de création.

Les Critiques.

(*a*) Fontenelle. *Réflexions sur la poétique* (vers 1691-1699, impr. en 1742).

Il pose que l'intérêt tragique naît du *malheur*, et classe les espèces de la tragédie d'après la nature et la source du malheur. La catégorie la moins estimable est celle où le malheur est le produit de la fatalité (c'est condamner la tragédie grecque, *Œdipe*).

Il pose aussi que les règles ayant pour objet d'as-

surer le plaisir du spectateur, une pièce irrégulière qui
plaît obéit à des règles non encore trouvées.

(*b*) Fénelon : *Lettre à l'Académie* (1714, impr. en
1716) ch. vi et vii.

Il critique l'amour, l'esprit, l'enflure. Il veut plus de
vérité et plus de sentiment. Tendance à juger par sentiment plus que par règles.

Il admire les Grecs, et obéit à la tendresse de sa nature.

L'idée du drame qu'il rêve peut s'induire de certains
épisodes tragiques du roman de *Télémaque* : l. v, Ido-
ménée; l. xiii (ou xv), Philoctète.

(*c*) L'abbé Dubos : *Réflexions sur la poésie et la peinture*, 1719.

Il admet, même avec quelque excès, le caractère *conventionnel* de l'expression artistique : ce qui le conduit
à accepter le *convenu* dans la tragédie française.

Mais il critique : 1°, la galanterie; 2°, l'inexactitude
historique et géographique.

Il pousse la tragédie vers la moralité attendrissante
(malheurs de la vertu; pas de scélératesse brutale).

Enfin il établit une doctrine qui fait de l'impression
la mesure de la beauté : ce n'est plus la régularité technique, c'est la puissance de l'effet qui fait la valeur
d'un ouvrage.

VI. Les Poètes : Voltaire et la Motte.

Hardiesse relative de l'*Œdipe* de Voltaire (1718) :
il aurait voulu se passer d'amour; et il en a mis le
moins possible. Intelligence, malgré les tendances modernes de l'auteur, de ce qui constitue la beauté du
sujet grec, ou du moins sa force pathétique. Cet *Œdipe*
supérieur à ceux de La Motte, et à celui de Corneille.
Mais les idées réformatrices de Voltaire ne se précise-
ront qu'après son retour d'Angleterre, et après les tentatives de La Motte.

VII. Houdart de la Motte.

[Nos. 8274, 8277, 8280, 9231.S.]

Caractère de La Motte : cartésien et homme du monde.

(*a*) Critique systématique du système de la tragédie.

Il rejette les unités, la simplicité d'action, les conventions établies en faveur de l'analyse psychologique, les longues tirades de Racine, les sentences brèves de Corneille, et même, enfin, le vers.

Il demande du spectacle, d'après l'opéra, et d'après les pièces anglaises.

Son principe est : le plaisir est la règle suprême. Tout ce qui plaît est régulier.

Mais par ce même principe il rétablit tout ce qu'il a condamné, puisque le public français s'y plaît : règles, unités, vers, galanterie, psychologie de convention, etc.

Il s'accorde avec le public pour demander du touchant et du tendre.

(*b*) Timidité de ses œuvres.

Cinq tragédies (1721-1730), dont *Romulus* et les deux *Œdipe* sont à écarter.

La Motte avait fait beaucoup de livrets d'opéras : il en a retenu l'habitude d'intriguer lâchement, et de disposer le sujet en tableaux.

L'influence de l'opéra est visible et heureuse dans les *Macchabés* (1721) : l'action donne lieu à des couplets et à des duos de tendresse exaltée et d'enthousiasme mystique. Mais il manque à La Motte d'être poète.

Inès de Castro, 1723. La Motte éteint la couleur du sujet, supprime l'épisode caractéristique, ne garde que les situations doucement attendrissantes.

Il réussit à faire pleurer.

VIII. C'est l'époque des triomphes d'Adrienne Lecouvreur.

[Nos 9083 bis, 9084, 12547 et 12547.S.]

TRENTE-ET-UNIEME LEÇON

VOLTAIRE

VUE GENERALE DE SON ŒUVRE DRAMATIQUE,
SA CRITIQUE ET SA THEORIE DE LA TRAGEDIE

I. Voltaire est à lui seul la tragédie de 1730 à 1760, et il en domine le développement jusqu'à *Hernani*.

[Nos. 9149, 9151, 9153.]

Il a fait 27 tragédies (9144, 9155), dont les principales sont :

Première époque : Essais de jeunesse.

Origines ou sources	Joué	Imprimé
Œdipe (Sophocle-Corneille)	18 nov. 1718	1719
Mariamne(Tristan)	1724(refaite,1762)	1725

Deuxième époque : Essais de réforme
et de création originale.

(*a*) Influence de Shakespeare et des Anglais.

Brutus (tragédies romaines de Shakespeare)	1730	1731
Eriphyle (l'ombre d'*Hamlet*)	1732	1739
Zaïre (*Othello;* pièces historiques de Shakespeare; *Bajazet*)	13 août 1732	1733

Origines ou sources	Joué	Imprimé
Adélaïde du Guesclin (dom Lobineau, Histoire de Bretagne, 1707, t. i, p. 460; l. xiii, ch. 73)	1734 et 1765	1765
La mort de César (Shakespeare, *Jules César*)	1735, Collège d'Harcourt 1743, Comédie Française	1736
Alzire ou les Américains (sujets modernes anglais, tels que Southerne, *Oroonoko;* Rowe, *Tamerlan*).	27 janvier 1736	1736
Mahomet (Lillo, *le Marchand de Londres :* Bayle, Prideaux, etc.)	Lille, 1741 Paris, 1742	1743

(*b*) Retour aux Grecs contre Shakespeare.

Origines ou sources		Joué	Imprimé
Mérope (La Grange-Chancel, Maffei)		20 février 1743	1744
Sémiramis (ombres d'*Hamlet* et des tragédies grecques)	Sujets de Crébillon	1748	1749
Oreste (Sophocle)		1750	1750
Rome sauvée (*Catilinaires* de Cicéron)		Sceaux, 1750 Com. Fr. 1752	1753
L'Orphelin de la Chine (*L'Orphelin de Tchao*, Du Halde, t. 3, p. 341, n° 12280;—*Essai sur les mœurs*)		20 août 1755	1755

Origines ou sources	Joué	Imprimé
Tancrède (*La comtesse de Savoie*, roman de Mme de Fontaine; — ïnfluence de Diderot)	3 sept. 1760	1761

Troisième époque : Pièces de propagande et de polémique.

Olympie (La Calprenède, *Cassandre;* études d'histoire religieuse; théories de Diderot)	Ferney, 1762 Com. Fr. 1764	1763
Le Triumvirat (Crébillon; Suétone, etc.; Middleton, *Vie de Cicéron*)	1764	1767
Les Scythes (Diderot; la vie à Ferney, et les Suisses)	1767	1767
Les Guèbres ou la Tolérance (les Jésuites chassés de Portugal)	Non joué	1769
Les lois de Minos (affaires de Pologne et de Suède)	Non joué	1773
Irène (pour Racine contre Shakespeare; souvenirs de *Polyeucte,* d'*Olympie,* etc.)	16 mars 1778	1779

II. Principaux écrits théoriques et critiques.

Première époque

Lettres sur Œdipe—1719

Deuxième époque

(*a*) Influence Shakespearienne.

Préface d'*Œdipe* (contre La Motte)—1730
Discours sur la tragédie, à Milord Bolingbroke, en tête de *Brutus*—1731

Lettres philosophiques (xviii, sur la tragédie anglaise)—
1734 (no. 10352)
A. M. le chevalier Falkener (en tête de *Zaïre*)—1736
Préface de la *Mort de César*—1736
Préface de l'*Enfant Prodigue* —1738

(*b*) Le retour aux Grecs contre Shakespeare.

Lettre à M. le Mis Scipion Maffei (en tête de *Mérope*)
—1744
Dissertation sur la tragédie ancienne et moderne, à
S. E. Mgr. le Cardinal Quirini (en tête de *Sémiramis*)
—1749
Le *Siècle de Louis XIV*, ch. 32, et *Catalogue des écri-
vains*—1751
Au Mis Albergati Capacelli—4 décembre 1758

Lettres sur la mise en scène { à d'Argental—18 juin 1759
à Mlle Clairon—16 oct. 1760
à Le Kain—16 déc. 1760

Troisième époque

Appel à toutes les nations, ou : *Du Théâtre anglais*
(contre Shakespeare)—1761
Commentaire sur Corneille (pour Racine, et contre Sha-
kespeare)—1764
L'Ingénu, ch. xii—1767
Lettre à Horace Walpole (sur Shakespeare et Racine)—
15 juillet 1768
Article *Art Dramatique*, des *Questions sur l'Encyclo-
pédie*—1770
Lettre à l'Académie Française (contre Letourneur et
Shakespeare)—1776. (Cf. la lettre à d'Argental du
19 juillet, 1776)
Lettre à l'Académie Française (en tête d'*Irène*)—1778

III. La théorie et la critique, chez Voltaire, précèdent la création.

Difficulté d'étudier les idées de Voltaire sur la tragédie :

(*a*) Elles ne sont pas résumées et systématisées dans un écrit, mais éparses dans cent écrits de circonstance.

(*b*) Elles ne sont pas stables, et ont varié dans les 60 années (1718-1778) entre lesquelles se distribuent les ouvrages de théorie et de polémique de Voltaire.

IV. Sensibilité de Voltaire à toutes les actualités et à toutes les influences.

[Nos. 10.456; 10457.]

(*a*) Son point de départ, déjà complexe, et presque contradictoire :

L'enthousiasme pour Racine et les chefs-d'œuvre de Corneille; un goût façonné par les Jésuites; et, d'autre part, l'esprit des Modernes, le dédain des Grecs, la sympathie d'intelligence pour Fontenelle et La Motte.

(*b*) Découverte de Shakespeare et du théâtre anglais en 1727-1728.

(*c*) Réaction du sentiment poétique et de la tradition contre La Motte.

(*d*) Vers 1745, et dans toutes les années qui suivent, réaction contre la vogue de Shakespeare, en faveur de la tragédie française.

(*e*) La 2ᵉ édition du *Théâtre des Grecs* du P. Brumoy (1749) aide Voltaire à mettre sous le nom des Grecs les suggestions de Shakespeare.

(*f*) Réaction contre Crébillon dont le romanesque incline Voltaire vers la tragédie historique.

(*g*) Après 1758, influence de Diderot et du mouvement qu'il détermine pour la mise en scène et la décoration.

(*h*) Après 1760, hostilité de vieillard contre les nouveautés qui prolongent et dépassent ses propres audaces, et guerre de plus en plus vive à Shakespeare.

Mille autres circonstances influent sur les idées comme sur les créations de Voltaire, et y introduisent les disparates et l'incohérence.

V. Cependant il y a un fonds permanent dans ses théories.

(*a*) *Principes généraux.*

(1) L'art a pour but la beauté.

(2) L'art a besoin d'une certaine liberté.

(3) L'art exige la mesure.

(*b*) *Doctrine traditionnelle et conservatrice.*

(1) La tragédie peint les caractères et les passions de l'humanité.

(2) L'intérêt a pour condition l'*intrigue* serrée et vraisemblable.

(3) Mais l'intrigue a pour but de faire jaillir les cris qui expriment les âmes.

(4) Le style et le vers sont les instruments de l'idéalisation poétique qui adoucit tous les sujets.

(*c*) *Réformes et innovations.*

Voltaire ne se contente plus de la tragédie du xviie siècle : il a des besoins nouveaux de sensibilité (goût de l'attendrissement et des larmes ; exigence esthétique du sens de la vue).

Il a une curiosité et une vivacité de goût qui lui font sentir les beautés étrangères, à travers l'irrégularité des œuvres.

Position de Voltaire par rapport à Boileau dans la question du goût. Reconnaissance de la variété des goûts, en maintenant que le bon goût est le goût français.

D'où, à la fois, enthousiasme et impertinence à l'égard des ouvrages étrangers. Il n'y prendra que des détails et des suggestions.

143

Le fait capital, dans l'évolution du goût et de l'art
de Voltaire, c'est la découverte de Shakespeare.

[Nos. 7693, 7695, 7696, 7698 bis; 7975; 7991; 7992;
9155, 9186.S.]

Identité du jugement de Voltaire à travers la contradiction apparente de son attitude : Shakespeare
est génie et barbarie; il a des beautés et aucun goût.
Il appuie, selon les temps, sur le premier terme ou sur
le second.

Ce que Voltaire comprend de Shakespeare : la poésie, le lyrisme; l'intérêt des sujets nationaux; la force
des situations et des passions; le sens de l'action et du
mouvement dramatique.

Shakespeare lui fait concevoir la froideur de la tragédie française, et le conduit assez loin de l'art classique.

(1) Suppression de la galanterie, et même de
l'amour dans les sujets qui ne le comportent pas.

(2) Invention de situations fortes qui fassent trem-
bler ou pleurer pour un personnage sympathique : la
victime sera toujours au premier plan.

i(3) Choix de sujets nationaux ou modernes qui
éveillent l'émotion sympathique dans le public.

(4) Intérêt philosophique qui élargit la signification
du sujet.

(5) Enfin *animer* la tragédie, ce qui se fera par

la multiplicité des évé-
nements,
la mise du sujet en ac-
tion plutôt qu'en ré-
cits,
la réalisation de l'action
à l'aide des

moyens
scéniques

pantomine
figuration
décoration

144

En un mot, Voltaire veut conserver la *tragédie* en y introduisant le *drame*.

Cette combinaison était-elle réalisable? Comment l'a-t-il réalisée?

Remarquer que la période rétrograde des 18 dernières années n'étant représentée par aucune œuvre de valeur, Voltaire n'a pu détruire son ouvrage; et ce sont les pièces de combat et de recherche, de *Brutus* à *Tancrède*, qui ont influé sur le développement ultérieur de la tragédie française.

TRENTE-DEUXIEME LEÇON

L'ART TRAGIQUE DE VOLTAIRE

I.   Pourquoi Voltaire fait-il une tragédie?

(*a*) Il aime le théâtre et la tragédie passionnément, comme tout son siècle; il a son théâtre, à Cirey, à Paris, à Ferney (Tournay); il joue lui-même;

(*b*) Il est attiré à un sujet, soit par une idée critique (faire connaître un effet nouveau, un art étranger);

(*c*) soit par une intention polémique (contre Crébillon);

(*d*) soit par ses études historiques;

(*e*) soit par l'actualité (la suppression des places sur la scène);

(*f*) soit par le désir de racheter devant le public une nouveauté téméraire;

(*g*) soit enfin par le besoin de la propagande philosophique.

Tout se traduit pour Voltaire en tragédie. Il met en tragédie ce qui, pour d'autres, ferait un article de journal.

II.   Sources de ses 27 tragédies (*romans* : 4; *inventées* : 8; sujets *déjà traités* : 11; sujets *historiques* : 4).

Partout, l'*invention* de Voltaire est *très romanesque*.

Très indépendant de ses devanciers, de l'histoire (cf. *Mahomet*), de toutes les sources. Ses tragédies françaises sont des romans.

[*Adélaïde du Guesclin:* Voltaire ne reçoit de Lobineau que l'idée abstraite d'une situation.]

Comparaison de l'*Orphelin de la Chine* et de l'*Orphelin de Tchao.*

[Nos. 9147, 9151, 9209-9210.]

Différence de l'invention de Voltaire et de l'invention de Racine et de Corneille. Il voit les situations abstraitement, combine le drame selon la logique universelle, et le recouvre d'histoire ou de légende.

Le drame abstrait et la forme concrète où il se localisera, sont conçus séparément et rapportés après coup.

De là vient que *Mahomet* sert à exploiter un effet de Lillo; *Eriphyle* ou *Sémiramis* l'ombre d'*Hamlet;*—que Voltaire réduit parfois un sujet à un autre (*Electre* est ramenée à *Mérope;* si Brutus est fils de César, ce n'est plus le sujet de la *Mort de César*).

Cette méthode conduit à l'emploi des *clichés*, des situations-types, des effets catalogués. L'érudition littéraire et dramatique de Voltaire tire ses tragédies vers la banalité.

III. Voltaire n'a pas le temps de regarder la vie.. Sa *psychologie* est superficielle, plus banale que fausse. L'exécution est molle : il a peur d'accuser trop vigoureusement les passions. (Othello affaibli en Orosmane, sous l'influence de Bajazet.)

Cependant sa contribution à la psychologie dramatique n'est pas nulle. Il apporte :

(*a*) Un type féminin, dérivé de Shakespeare et qui répond à l'idéal des âmes sensibles : la femme douce, faible, séduisante, toute à l'amour, incapable d'effort héroïque.

[Zaïre, Aménaïde, Idamé.]

Figure poétique et déjà romantique.

(*b*) Deux essais de psychologie religieuse : *le pro-*

phète, le chef religieux, un politique, un fourbe de grande envergure;

> [Mahomet]

le fanatique, le *sectaire,* crédule, enthousiaste, enragé :

> [Palmire, la nonne fermée aux affections naturelles;
> Séide, ayant horreur du crime et le commettant.]

Nouveauté hardie de ces peintures.

(*c*) Des esquisses de psychologie ethnique : effort pour aller au delà de l'homme éternel, et pour saisir les physionomies variées des races et des époques. (Voyez plus loin, à propos de la couleur locale.)

Mais la psychologie, pour Voltaire, est en fait un moyen, non un but. Et ce n'est plus le moyen principal.

IV. L'intérêt tragique pour Voltaire naît des événements qui forment des situations *pathétiques.* Il s'accroît, quand les événements se multiplient et font varier les situations. L'action mouvementée est plus pathétique.

Or, la psychologie se démêle et agit trop lentement. De plus, un esprit civilisé admet difficilement les passions monstrueuses qui créent les événements tragiques.

Comment produire ces événements?

Par les *méprises.* Celui qui veut tuer, ne sait pas qui il menace, et reconnaît avant ou après. Par delà Racine, Voltaire revient à Aristote.

Mais pour lui, pas de *fatalité :* sa philosophie tragique, comme sa philosophie de l'histoire, est la philosophie du hasard.

Jeu des petites causes, des coïncidences, des malentendus. Emploi des moyens matériels.

> [La *croix de ma mère,* un billet équivoque, dans Zaïre.
> La cuirasse de *Mérope.* Le billet sans adresse de *Tancrède.*

Les *ombres* appartiennent au magasin d'accessoires.]

L'artifice des silences prolongés : un mot ferait crouler l'échafaudage de l'intrigue.

[*Zaire, Adélaïde du Guesclin, Tancrède.*]

Ce sont les moyens du vaudéville ou du mélodrame.

V. Cependant Voltaire, par l'intérêt des situations, poursuit un but conforme à la tradition classique et antique.

Il ne présente pas le spectacle d'une âme préparant l'action, mais souffrant de l'événement. Ce sont les âmes malheureuses et blessées qu'il veut montrer (comme Racine, mais autrement, et plus près des Grecs et de Shakespeare).

Il réussit parfois.

> *Zaire :* tristesse touchante qui résulte du malentendu.
>
> *Mahomet* force du IVe acte : comment, malgré l'artifice du malentendu, c'est plus tragique que la scène de Lillo qui est sans artifice.]

S'il multiplie les situations, c'est pour varier les douleurs et les plaintes de l'âme opprimée.

Ainsi cette tragédie des *méprises* retourne au lyrisme. Intentions, mais impuissance de Voltaire :

> [Adélaïde du Guesclin ; Aménaïde (de *Tancrède*) ; la confession de foi (I, 4) et la prière (III, 5) d'Arzame, dans les *Guèbres ;* le monologue de Lusignan (*Zaïre*).

La tragédie voltairienne aurait donc pour formule : une carcasse de vaudeville ou de mélodrame construite pour donner lieu à l'effusion lyrique.

Mais, justement, ce sera la formule du drame de Victor Hugo.

TRENTE-TROISIEME LEÇON

L'ART TRAGIQUE DE VOLTAIRE

(Suite)

Voltaire, sans trop s'en douter, cherche par la tragédie pathétique à satisfaire un besoin de *poésie*.

Il cherche aussi l'impression poétique par la *couleur historique* et par le *spectacle*.

I. *Couleur historique.*

[Nos. 9151, 9152, 9156.]

Voltaire était très fier de la variété de ses sujets, en particulier des sujets modernes et exotiques : c'est lui qui a établi cette catégorie de sujets sur la scène de la Comédie Française. (Moyen Age, Américains, Arabes, Chinois.)

Pauvreté de cette couleur à nos yeux. Tout a la couleur du xviiie siècle dans ces tragédies féodales ou exotiques : éclosion du genre *troubadour* (*Zaïre, Adélaïde du Guesclin, Tancrède*).

Mais c'était beaucoup après Campistron et Crébillon. Voltaire a une culture historique étendue et assez précise; il conçoit les grands moments de l'histoire du monde, le choc des civilisations (*Alzire, Orphelin de la Chine*), la physionomie singulière des révolutions et des grands hommes (Mahomet). Il dépayse ses contemporains tout en restant près de leur goût.

Mais il travaille trop vite, et il a plus d'idées sur l'histoire que de vision épique.

Deux pièces marquent une étude plus attentive des sources historiques, un effort plus sérieux de représentation exacte.

Il y fait des tableaux d'histoire pour réagir contre le romanesque et la fausse couleur de Crébillon. Il a saisi dans les textes la physionomie d'une époque, le détail pittoresque de la vie et des mœurs de la société romaine et de ses hommes illustres.

Vue réaliste du personnage d'Octave, dans le *Triumviral :* les notes de la pièce suggèrent un caractère sans dignité tragique, analogue au *Cromweil* de Victor Hugo.

Mais de cette conception rien n'est passé dans les vers de la tragédie : les conventions du style noble ont tout décoloré.

Enfin (et cela résulte du procédé d'invention que j'ai décrit), la couleur historique reste trop souvent séparée de l'action de la pièce, plaquée à la surface.

Cependant l'indication est donnée, et ici encore Voltaire a mis le pied dans le chemin qui mène à *Ruy Blas* et à *Henri III et sa cour.*

II. *Spectacle.* La tragédie classique n'a pas besoin de réalisation matérielle.

[No. 5797.]

Mais Voltaire prend dans Shakespeare une nouvelle idée de l'action ; l'intérêt pathétique et historique, ou, pour tout dire, poétique, qu'il recherche, appelle le secours des moyens matériels d'expression, pantomime, figuration, décoration : inutiles à l'étude psychologique,

ils accroissent l'émotion, et donnent une sensation esthétique.

[Nos. 9151 et 9153.]

Voltaire cherche la mise en scène pathétique qui con-
court à l'effet dramatique :

[*Mérope, Sémiramis, Adélaïde du Guesclin,
Olympie* (1).]

Et aussi la mise en scène pittoresque qui aide à évoquer
l'image d'une époque, d'un milieu historique :

[*Brutus; Rome Sauvée* (1); *Tancrède*.]

Mais timidité; scrupules classiques; peur du ridicule;
faiblesse pour le décor d'opéra somptueux et banal.

[*Sémiramis*, I et III.]

III. *La philosophie dans les tragédies de Voltaire.*
Elle se substitue à la psychologie, et à la politique.

[Nos. 9129, 9129S.]

Deux procédés :
(*a*) Maximes et couplets répandus dans la pièce, pour
servir à la propagande philosophique et contre les adversaires de la philosophie.

[*Œdipe, Zaïre, Alzire, Mérope*, etc.]

(*b*) Addison (*Caton*), Southerne (*Oroonoko*, 1696),
Rowe (*Tamerlan*, 1702) révèlent à Voltaire une autre
méthode : l'idée philosophique organise le drame, s'exprime par l'action.

[*Brutus; Mahomet; Olympie*, etc.]

Valeur inégale des deux méthodes. La première est
analogue aux épigrammes de *Figaro*. La seconde est
supérieure : elle élève les sujets au-dessus de l'anecdote,

elle fait de l'événement particulier un symbole. La tragédie pathétique et poétique se prête aisément aux significations symboliques.

Mais Voltaire, (*a*) est trop polémiste; (*b*) sacrifie la vérité et la vie à la thèse; (*c*) parfois même la thèse à l'effet de théâtre; (*d*) enfin a trop d'esprit, d'idées, pas assez de profondeur d'émotion, pas assez de poésie.

Malgré ces défauts, *Brutus* et *Mahomet* doivent une bonne partie de leur effet à l'idée philosophique.

Voltaire se place ainsi tout à la fois parmi les précurseurs de deux conceptions inégales : la *pièce à thèse*, sans poésie, et le *drame symbolique*, essentiellement poétique. Subjectivité de la tragédie philosophique de Voltaire.

IV. *Conclusion.*

(*a*) Pourquoi la tragédie de Voltaire est-elle morte si complètement ?

(1) Plus d'intentions que de réalisations. La force du génie créateur est trop souvent remplacée par l'intelligence critique.

(2) Trop de demi-mesures. Voltaire ne peut se détacher du passé, ni s'y tenir. En art, il faut des partis-pris plus énergiques.

(3) Obstacle du style tragique, qui neutralise tout l'effort d'imagination et de renouvellement.

(*b*) Mais par ses défauts même, Voltaire était proportionné à ses contemporains. Il a été mis jusqu'à la révolution romantique au-dessus de Corneille, à côté et parfois au-dessus de Racine.

Il a plu par la sensibilité, par la multiplicité des idées, par une certaine élégance poétique qui est sensible encore dans *Zaïre*, comme une certaine grandeur pathétique est sensible dans *Mahomet*.

TRENTE-QUATRIEME LEÇON

COMEDIE LARMOYANTE ET DRAME
L'ESTHETIQUE THEATRALE DE DIDEROT

I. Le développement de la tragédie au xviiie siècle a été influencé par l'apparition de nouveaux genres dramatiques, *comédie larmoyante*, *drame* et *mélodrame*, qui ont renversé la doctrine de l'*Art Poétique*.

II. La *comédie larmoyante*, inventée par Nivelle de la Chaussée (9347), est une transformation de la comédie qui menace la tragédie.

> [La Chaussée fait le procès à la tragédie: no 9347, p. 135.]

Mélanide (1761) est réellement un drame bourgeois, sans aucun élément de comédie, sauf la condition des personnages et le dénouement heureux.

La comédie larmoyante est la tragédie sans poésie et sans tragique; c'est une pièce sociale, morale, réaliste, prosaïque (même lorsqu'elle est écrite en vers).

Succès de La Chaussée, malgré sa médiocrité. Il a les femmes pour lui.

III. La tentative de Diderot a beaucoup plus de portée, tant par les conséquences que par la valeur des idées.

> [Nos. 9348, 10640, 10.695S.]

Diderot se réclame de Landois, *Sylvie*, 1741.

Il doit aussi à Fontenelle (*Préface* des Comédies,
impr. 1751 : échelle des espèces du genre dramatique;
idée d'une comédie sérieuse); au théâtre anglais (Sha-
kespaere, Lillo, Moore); au roman moral et sensible de
Richardson et de l'abbé Prévost; aux expériences de la
tragédie de Voltaire (jusqu'à l'*Orphelin de la Chine*,
1755); à la littérature antique (où il voit un rapport à
la société, aux mœurs); à l'art antique et moderne (qu'il
interprète littérairement et théâtralement).

Il a renouvelé l'esthétique théâtrale (en l'appuyant
sur une esthétique générale), dans ses *Entretiens sur
le Fils naturel* et son traité *De la poésie dramatique*
(1757-1758).

Trois idées fondamentales de Diderot.

(*a*) *Pluralité des espèces dramatiques.* Il en dresse
le tableau dans les *Entretiens,* et le retouche dans le
traité *De la poésie dramatique;* voici la forme défi-
nitive :

Burlesque—comédie gaie—comédie sérieuse—tragédie bourgeoise—tragédie héroïque—drame philosophique (ou symbolique).

Les espèces voisines peuvent se croiser.

Il y a continuité dans l'art comme dans la nature, et
entre les types abstraits les plus voisins peut toujours
s'intercaler une production intermédiaire.

(*b*) *Substitution des conditions aux caractères.*

Ce qui veut dire :

(1) Qu'on marquera les caractères généraux d'une
empreinte professionnelle;

(2) et surtout qu'on cherchera dans les obligations et
les préjugés des conditions une source de pathétique.
Père de famille, juge, seigneur, négociant : autant
d'occasions de faire souffrir autrui, ou de se faire souffrir, ou inversement d'aimer et de se faire bénir; autant
de moyens de trouver des situations tristes ou attendrissantes.

Cette conception conduit au drame *social*, à la pièce à thèse (Sedaine, Beaumarchais, Mercier; Augier et Dumas; Hervieu).

(c) L'action 'aboutissant aux tableaux : ce qui implique la réforme complète de la mise en scène.

Diderot veut, sur une scène libre, un décor vrai, des costumes vrais, une déclamation vraie. Il insiste sur la nécessité de soutenir la diction par la pantomime, et d'obliger les acteurs à accorder leur jeu, à jouer d'ensemble.

Cela revient à dire qu'il fait apparaître, à travers le texte littéraire de la pièce, le *cinéma*.

Conception de l'art théâtral comme d'un art distinct, complet et synthétique, combinant littérature, danse ou pantomime, statuaire, peinture, architecture, et même, en certains cas, musique, pour un effet d'ensemble.

Tous les progrès de l'art scénique depuis 150 ans sont sortis de Diderot, et les rénovateurs d'aujourd'hui en sortent encore, même lorsqu'ils semblent le renier.

IV. Diderot est de son temps. Il aime surtout les effets attendrissants et pathétiques. La psychologie, la vérité, le réalisme ne sont que des moyens pour émouvoir. Il se rapproche de la conception tragique d'Aristote.

Admirateur de Corneille et de Racine, il critique la tragédie française, trouve la tragédie grecque plus près de la « vraie tragédie, » qui doit être sans analyse, sans intrigue, sans coups de théâtre, sans artifices, allant d'un mouvement aisé par une progression d'émotion, à travers quelques tableaux saisissants, au dénouement prévu et nécessaire.

Son idée d'une *Mort de Socrate.*

En souhaitant la *vraie tragédie*, il la croit irréalisable en France, incompatible avec les mœurs : il faudra une révolution pour rendre la poésie de nouveau possible.

[Ed. Assézat et Tourneux, t. vii, p. 370-371.]

V. Influence considérable de Diderot.

De ses théories sont sortis :

(*a*) le drame bourgeois de Sedaine et Beaumarchais

[No. 9348.]

(*b*) le drame bourgeois et historique de Mercier

[No. 9406.]

(*c*) le mélodrame de la Révolution (Bouilly et Pixérécourt)

[Nos. 3907 et 13920.]

Diderot a influencé aussi Voltaire et les auteurs tragiques (de Debelloy à C. Delavigne); Madame de Staël et les théoriciens romantiques.

VI. Mais surtout l'influence de Diderot s'est répandue en Allemagne, et a eu la principale part dans la création et le développement du théâtre allemand.

[Nos. 7678 et 7678 bis, 7682 ; et Raynaud, 13314S.]

Lessing lui emprunte sa doctrine et s'en inspire dans ses pièces.

[Nos. 7885 et 7886.]

Gœthe et Schiller dérivent de lui pour une partie de leur œuvre et de leurs idées.

Kotzebue (12887) en sort tout entier.

Lorsque la critique de Lessing et le théâtre allemand pénètrent chez nous, c'est, en très grande partie, Diderot qui nous revient.

VII. Diderot a été pris en général, en France et à l'étranger, par le côté réaliste, bourgeois, moral et sentimental.

Il y a pourtant chez lui une doctrine plus profonde, qui ramène le théâtre vers la poésie (lyrisme) et l'art (beauté plastique). On ne s'en aperçut pas très bien au xviiie siècle.

TRENTE-CINQUIEME LEÇON

LA FIN DE LA TRAGEDIE CLASSIQUE

I. Autour de 1760, *tragédie philosophique :* c'est
l'école de Voltaire, représentée surtout par Marmontel,

[Nos. 8372 et 8381.]

et La Harpe.

[Nos. 8401 et 8404.]

Avec la philosophie déborde la *sensibilité.*

II. Multiplication des *sujets modernes,* sous l'influence de la culture moderne dont l'*Essai sur les mœurs*
de Voltaire est le principal agent.
Sujets exotiques : Lemierre.

[*Guillaume Tell,* 1766.
La Veuve du Malabar, 1770 (8821).]

Sujets français du moyen âge. Influence des étu-
des de La Curne de Sainte-Palaye (9504 et 12208), Le
Grand d'Aussy (8971 et 12158), Millot (12314), Tres-
san (9507-9508, et la thèse récente de Jacoubet), la
Bibliothèque des romans (9506), etc.
Développement du genre *troubadour.*
Debelloy, *Gabrielle de Vergy,* 1777 (9222).
Mais naissance aussi de la tragédie nationale et pa-
triotique : Debelloy, le *Siège de Calais,* 1765.
—*Gaston et Bayard,* 1771.

[No. 9222.]

III. Dans la structure des pièces, développement du caractère mélodramatique : Piron, *Gustave Wasa*, 1733 ; Marmontel, Lemierre, Debelloy.

L'influence de Diderot s'ajoute à celle de Voltaire. Importance de l'action scénique, de la mise en scène et du décor chez Debelloy : *Zelmire*, 1770 ; *Pierre le Cruel*, 1775 ; *Gabrielle de Vergy*, 1777.

IV. Progrès de l'influence anglaise autour de Voltaire et malgré lui : c'est dans la société et la littérature l'époque de *l'anglomanie* (vers 1760-1770).

Le genre *sombre*, violent, convulsif.

Essais encore timides de Gresset.

Colardeau, la *Belle Pénitente* (d'après Rowe), 1760 (8699).

Baculard d'Arnaud, Le *Comte de Comminges*, 1765 (9383 et 9388.S), avec une curieuse préface : drame en vers qui est véritablement la tragédie du cloître.

L'influence anglaise consiste principalement dans la diffusion du drame de Shakespeare.

[Traduction de Le Tourneur, 1776 (7991 et 7992 ; cf. nos 7994-8000).]

V. Ducis fait jouer *Hamlet*, 1769 ; *Roméo et Juliette*, 1772 ; *Le Roi Lear*, 1783 ; *Macbeth*, 1784 ; *Othello*, 1793. (9245).

Caractère de Ducis (9248, 9255, 9263).

Il admire et même il comprend Shakespeare ; mais sa fidélité à Racine, son respect du goût français, l'habitude du style noble et sentimental rendent ses adaptations timides et maladroites. Cependant il paraît hardi et choque le public.

VI. Réaction de sensibilité douce et tendre sous Louis XVI et au début de la Révolution (*Paul et Virginie ; * Florian).

Introduction de la littérature allemande, poésie, roman.

[Nos. 7677, 7678 et 7678 bis, et 3314.S.—Gessner (nos. 7857, 7862 et 7863); Klopstock (no. 7866); Goethe, *Werther* (nos. 7892, 7896, 7897).]

Le théâtre allemand s'introduit aussi.

[Nos. 7371-7873.]

Gœthe (7874 et 7894), Klopstock (7881), Lessing (7882-7883 et 12881), Schiller (7873 et 12888-12895), Kotzebue (12884-12887), sont traduits ou paraissent sur la scène française entre 1770 et 1800, et inspirent un certain goût de sentimentalité vertueuse et de réalité domestique. A part quelques accents de désespoir mélancolique *(Werther)* et de révolte amère *(les Brigands)* qui tranchent sur le fond de fadeur douceâtre de cette littérature, l'influence allemande est limitée et peu profonde.

L'action du théâtre allemand se fera sentir surtout après 1800, plus encore après l'*Allemagne* de Madame de Staël (1813), et s'exercera (*a*) sur le drame et le mélodrame par Kotzebue, Werner, Zschokke, etc.; (*b*) sur la tragédie historique par Schiller.

VII. Sous la Révolution et le premier Empire, réaction *classique* :

(*a*) La constitution du *mélodrame* pousse la *tragédie* à se séparer du genre populaire, et à revenir à la tradition.

(*b*) Une résistance se dessine contre le goût étranger (anglais, allemand) : visible dans la timidité de Benjamin Constant lorsqu'il adapte *Wallenstein*, 1809.

(c) La Révolution ramène aux sentiments forts, aux attitudes héroïques, à la fierté antique.

VIII. Tragédie philosophique révolutionnaire : haine des tyrans, amour de la liberté :

En Italie, Alfieri.

En France, Marie Joseph Chénier.

[Nos. 13813, 13818 et 13819.]

Chénier rejette la couleur locale, l'intrigue accidentée, le goût anglais et allemand ; il fait une tragédie nue et froide, déclamation de collège ou de club, parfois éloquente et nerveuse.

IX. Dans la sévérité de la tragédie révolutionnaire et impériale se maintient une veine de sensibilité élégiaque. (Grande vogue d'*Ossian*; succès de la *romance*.)

Ducis, *Abufar ou la Famille arabe*, 1795. Etats de mélancolie romantique, dans une vision un peu douceâtre et naïve pour nous, colorée pour le temps, du désert et des mœurs primitives. (Influence des *Ruines* de Volney, et de la Bible.)

X. Mais le fait capital, à l'époque révolutionnaire et impériale, est que dans la réaction classique s'introduit une manière de sentir, de comprendre et d'imiter l'antique qui était à peu près inconnue de nos classiques : une manière esthétique, plutôt que régulière et morale, qui fait remarquer et admirer dans la poésie grecque la beauté plastique.

Le mouvement est parti des beaux-arts. (Comte de Caylus, 8413 ; Winckelmann, 7915—La découverte d'Herculanum ; l'art pompéien.—Les voyageurs en Grèce et dans le Levant ; Leroy ; Volney ; Choiseul-Gouffier ; etc.—Le retour à l'antique dans l'architecture, la peinture et la sculpture : Soufflot ; David ; Canova.) Il s'étend à la littérature (l'abbé Barthélemy ; André Chénier, inédit jusqu'en 1819 ; Chateaubriand).

Recherche des lignes calmes, des attitudes nobles, des groupes harmonieux : l'idée se double d'une vision.

(C'est par là que cet art ultra-classique continue de faire évoluer la littérature vers le romantisme.)

Premiers indices, au théâtre, de ce renouvellement du goût antique. L'*Orphée* et l'*Iphigénie* de Gluck; le *Philoctète* de La Harpe.

Ducis refait son *Œdipe chez Admète*, 1778, dans un goût plus pur : *Œdipe à Colone*, 1797.

L'*Agamemnon* de Lemercier, 1797 : reflets d'Eschyle mêlés d'effets voltairiens. (13830 et 13839.)

L'œuvre caractéristique du mouvement est l'*Hector* de Luce de Lancival, 1809. (13820.) C'est Homère vu à travers David ou Guérin. Nu, noble, froid.

XI. La tragédie n'a plus que des lieux communs et des attitudes. Elle a renoncé aux coups de théâtre, à la philosophie, à l'analyse psychologique, au mouvement pittoresque. Elle est vide, figée, incolore—ce qu'en jargon d'atelier jadis on appelait « pompier ».

Les *Templiers* de Raynouard, 1805. (13846.)

Ninus II, de Brifaut, 1807.

Tippoo-Saeb, de Jouy, 1813 (20176).

Même les sujets modernes deviennent rares.

XII. Entre 1815 et 1830, derniers efforts pour galvaniser le genre anémié.

(*a*) Reprise de la tragédie voltairienne : philosophique et libérale (de Jouy, *Sylla*, 1824); pathétique et mélodramatique (Casimir Delavigne, les *Vêpres siciliennes*, 1819; Liadières, *Conradin et Frédéric*, 1820).

(*b*) Retour au théâtre anglais et allemand.

Liadières, *Jane Shore*, 1820.

Lebrun, *Marie Stuart* (d'après Schiller), 1820 (20195).

Lebrun, *Le Cid d'Andalousie*, 1825 (d'après Lope de Vega : le théâtre espagnol a été remis en honneur par Schlegel, 12917, trad. en 1814).

(*c*) Effort vers une tragédie *poétique*.

Les essais les plus significatifs sont inspirés par la Bible.

Le *Saül* de Lamartine (non joué), 1818.

Le *Saül* de Soumet, 9 novembre 1822 : couleur locale; sentiment personnel; signification symbolique (20181 et 20191).

(*d*) Toutes les innovations tentées depuis un siècle se rassemblent dans une combinaison voltairienne : Casimir Delavigne, *Marino Faliero*, 31 mai 1829. (20148, 20154-20157).

Henri III et sa cour a été joué le 11 février 1829.

Marino Faliero est le dernier effort de la tragédie pour soumettre les effets romantiques au goût et au style classiques; mais alors la tragédie n'est plus qu'un drame romantique honteux, insuffisamment poétique, insuffisamment artistique.

Hernani (1830) rend ces essais inutiles.

TRENTE-SIXIEME LEÇON

DECOR; COSTUME; DECLAMATION

(XVIIIᵉ Siècle et Empire)

Le progrès matériel de l'art scénique est un facteur important de la transformation et de la dissolution de la tragédie classique. Il faut le considérer à part.

[*Manuel bibliogr.*, nos. 2769; 4728; 9067 (ch. ii, iii, XVI). Nos. 69; 70; 71; 4726.]

I. *Décor et mise en scène.*

[Nos. 9059; 9068; 9069; 13754.]

(*a*) Insignifiance du décor et de la mise en scène au xviiᵉ siècle à l'Hôtel de Bourgogne (tragédie de Racine : cf. les indications de la 2ᵉ partie du mémoire de Mahelot et Michel Laurent, 4725). Spectateurs sur la scène.

Somptuosité sans caractère des représentations de cour.

L'invention des poètes s'exerce donc sans souci du matériel du théâtre, sans y chercher des moyens d'expression.

(*b*) Le point de départ du mouvement est la 1ᵉʳᵉ représentation d'*Athalie* à la Comédie Française, 5 mars 1716 (et surtout la reprise de 1721).

Efforts d'imagination des poètes : recherche du cadre vrai et pittoresque.

Voltaire : le *palais dans le goût chinois* de l'*Orphelin
de la Chine* marque une date (1755).

Cependant la réalisation demeure très pauvre et in-
suffisante. Plaintes de Marmontel dans l'*Encyclopédie*
(*Eléments de littérature*, art. *Décoration*), et de Diderot
(*Poésie dramatique*, ch. xix).

On a peine à sortir du *palais* banal, plus italien
qu'antique.

Eclairage misérable (lampions à mèche; en 1783, bou-
gies). On ne baisse pas le rideau pendant les entr'actes;
les changements se font sous les yeux des spectateurs.

(*c*) Les influences qui s'exercent sur la Comédie
Française sont :

(1) *L'opéra*. Révolution faite par Servandoni vers
1730; substitution, au *décor en lunette*, de la perspective oblique et du système qui aux derniers plans montre seulement le bas d'un monument, suggérant l'idée
de l'édifice total.

Mais tout est gâté à l'opéra par le luxe sans rapport avec les sujets.

(2) L'Italie. Vastes scènes, à Parme, à Vérone.—
Comédiens italiens à Paris, curieux de vérité expressive.

(3) Les Anglais. Décors pathétiques de tragédie et
de drame. (La potence, du *Marchand de Londres;*
le dernier acte de la *Belle Pénitente* de Rowe).

(*d*) Le fait décisif est la suppression des banquettes
et des spectateurs sur la scène, 1759.

[Nos. 9005 ; 9006 ; 9070.]

Nouveau décor de *Mérope* pour la reprise de 1763
(*Mercure de France*, oct. 1763) : décor suggestif d'émotion et de poésie.

L'invention du décor chez Debelloy est une partie
importante de l'invention poétique : évocation du mi-

lieu historique, ou réalisation du caractère pathétique
de l'action.

L'emploi d'*accessoires* multiples accompagne le progrès du décor : dès 1750, l'aspic de Vaucanson dans la
Cléopâtre de Marmontel. En 1771, un héros tragique
au lit, dans *Gaston et Bayard* de Debelloy. En 1775,
atelier de menuiserie dans *Albert I*^{or}, comédie héroïque
de Leblanc de Guillet.

(*e*) Encore des timidités et des gaucheries ; mais le
mouvement ne s'arrête pas. Le décor d'*Athalie*, 1770
(*Mercure*, octobre 1770), qui émerveille, est encore tout
conventionnel.

Hésitation en 1770 à montrer le bûcher de la *Veuve
du Malabar* : il ne sera visible qu'en 1780.

En 1776, l'épisode de la pomme dans *Guillaume Tell*,
est en récit : Larive, en 1786, le met en action.

Sous la Révolution, on fait la nuit à volonté (Legouvé, *Epicharis et Néron*, an II).

Modèles d'accessoires exacts donnés par Levacher de
Charnois (9065 et 9066). Indications et suggestions de
Grobert (13754).

Les théâtres de drame et de mélodrame soignent le
décor (*Elisa ou le voyage au Mont Saint Bernard*,
an III) ; l'opéra, de même (*Ossian ou les Bardes*, 1804 ;
la *Vestale*, 1807). La Comédie Française est forcée
de suivre.

(*f*) Même dans la réaction classique de l'époque impériale, on ne revient pas au décor nul.

Le décor antique, le décor moyen âge sont cherchés.
Bien des inexactitudes (Lavallée, *Lettres d'un Mameluk*, 1803 ; Millin, dans le *Magasin Encyclopédique*,
1811, t. ii, p. 339). Jusqu'en 1891, on jouera *Athalie*
dans une architecture corinthienne.

Mais ce n'est plus le *palais à volonté*. Il y a un
désir de précision et de localité.

Il y a aussi un effort pour assortir le décor à l'impression poétique de l'action. (Les trois décors de la *Mort d'Abel* de Legouvé, 1792; le décor d'*Abufar*, 1795).

Les principes des décorateurs sont de suivre le goût des peintres, en s'inspirant des découvertes de l'archéologie.

En acceptant le secours de la décoration, les poètes tragiques du xviii° siècle et de l'Empire rendent impossible la tragédie classique, la tragédie d'analyse.

II. *Costume.*

[Nos. 4727; 4729; 4730; 9052; 9060; 9066; 13753.]

(*a*) Au xvii° siècle, nul souci de vérité ou de convenance dans le costume.

Les acteurs portent d'abord les habits de leur temps.

Après le carrousel de 1662, *habit à la romaine* (conventionnel, d'après les bas-reliefs de la Colonne Trajane), pour les sujets antiques. *Habit à la française*, pour les sujets modernes : *habit turc*, pour les sujets turcs.

Dans tous les sujets, détails de costume et de mise en scène actuels. Perruques; poudre; gants, pour les hommes; les femmes ont le mouchoir à la main.

Le caractère cherché est le *noble*. Influence de l'opéra pour fausser la notion du *noble* et le confondre avec le *luxe*. Richesse excessive des habits : l'habit de Mlle de Seine, à ses débuts (1724), vaut 8000 livres.

Mlle Lecouvreur, dans *Tiridate* (1727), substitue à la robe de ville la robe de cour, à paniers et à queue.

Plaintes de Marmontel (art. *Décoration*); de Riccoboni (9053 et 9055); de Rémond de Sainte-Albine (9054); de Diderot (*Poésie dramatique*, ch. xix).

(*b*) Indices d'un goût nouveau.

Mlle Sallé, danseuse de l'opéra, essaie à Londres en 1734, puis à Paris, dans le ballet de *Pygmalion*, un costume *grec :* sans paniers, jupe ni corset; cheveux flottants, sans ornement.

En 1747, à la Comédie Française, costumes espagnols pour l'*Amour Castillan* de La Chaussée.

Mais c'est de Mme Favart que date réellement la réforme du costume.

1753, au Théâtre Italien, les *Amours de Bastien et de Bastienne.* Mme Favart paraît sans paniers : robe de laine, cheveux plats, croix d'or, bras nus, sabots.

1756, *Les Chinois*, divertissement. Habits faits en Chine; décors et accessoires dessinés en Chine.

1761, *Soliman II ou les Trois Suitanes.* Mme Favart fait faire à Constantinople l'habit de Roxelane. (Mais encore trop de plumes dans la coiffure.)

Intérêt de Favart et de sa femme pour la vérité de l'art scénique.

[Cf. no. 9468, t. i, pp. 12, 28, 81, 120 etc.]

Influence des Anglais, mais de Garrick moins que de Mrs. Bellamy, Macklin, et, à la fin du siècle, Kemble.

(*c*) A la Comédie Française la réforme est inaugurée par Mlle Clairon.

1755, elle joue Idamé de l'*Orphelin de la Chine* en habit *chinois* (relativement; sans paniers, bras nus).

Après 1761, elle prend pour Roxane l'habit de Roxelane.

Mais surtout elle fait impression dans *Electre :* habit d'esclave, échevelée, les bras chargés de chaînes, pas de rouge, presque pas de poudre.

[No. 9071, et les *Mémoires* de Marmontel.]

Elle ne veut pas la vérité absolue, mais la convenance, l'expression sensible du caractère et de la situation.

Le Kain : costume *tartare* de Gengis-Kan dans l'*Orphelin*, 1755. A partir de 1756, dans les reprises de

Sémiramis, il sort du tombeau les bras nus, sanglants, et les cheveux en désordre.

Progrès du costume aussi dans les sujets modernes.

1760, *Caliste* de Colardeau (imité de la *Belle Pénitente*) : costumes génois.

Applaudissement de Marmontel et Diderot : plus tard, de Mercier (9126).

(*d*) Réforme encore incomplète et timide.

> [Millin, *Dictionnaire des beaux arts*, art. *Costume*, no. 13753.]

Résistances et négligences : Paulin, Larive, surtout les femmes. Mlle Sainval aînée, Mme Vestris, Mlle Raucourt gardent longtemps les paniers. Les paniers abolis, on subit, même pour le costume antique, l'influence des modes modernes (Mlle Raucourt, dans *Orphanis* 1773 ; Mlle Desgarcins, entre 1790 et 1797 ; Mlles Bourgoin et Levert, sous l'Empire).

Néanmoins l'élan est donné : la liberté de chercher, d'inventer est gagnée.

Curieux costumes d'*Albert I* (1775).

Brizard dans *Œdipe chez Admète* (1778) ; Grammont dans *Agis* de Laignelot (1779 et 1782) : recherche de la simplicité antique.

(*e*) Le grand réformateur est Talma.

> [Nos. 9058 ; 13774 ; 13776 ; 13785.]

Inauguration du costume romain, Proculus (dans *Brutus*), 17 nov. 1790 ; puis Cinna.

Exactitude moindre dans le costume moyen-âge : Hamlet a un habit du xvie siècle. Cependant Talma cherche à se rapprocher de la vérité dans les *Templiers*, et dans *Guillaume Tell* (costumes imaginés d'après une vieille médaille suisse).

(*f*) Le progrès fait en quelques années se marque par la différence d'exactitude des deux ouvrages de Le Vacher de Charnois : *Costumes et Annales.* . . , 1786-1789 (9065), et *Recherche sur les Costumes.* . . , 2º éd. 1802 (9066).

Le colonel Grobert (13754) enseigne à distinguer les époques du moyen-âge; les Romains et les Grecs; les différents costumes des Turcs; il indique le costume exact de Mahomet.

Millin (13753) loue, pour le costume, plusieurs tragédies qu'on joue à la Comédie Française. Il signale encore quelques erreurs, des incohérences surtout et un manque d'ensemble.

Ici encore, le théâtre est prêt pour le romantisme.

III. *Déclamation et pantomime.*

[Nos. 9058; 13755.]

C'est la partie de l'art scénique dont le progrès est le plus compatible avec le maintien du caractère classique de la tragédie.

(*a*) A l'Hôtel de Bourgogne, déclamation emphatique dont Molière se moque (*Impromptu*). Il veut du naturel; mais il ne réussit pas dans les rôles tragiques.

(*b*) Baron : art harmonieux et parfait (Marmontel, art. *Déclamation*). Il établit ou perfectionne la déclamation *chantante* que Mlle Duclos rend ridicule (Voltaire, *Dict. phil.*, art. *Chant*).

(*c*) Adrienne Lecouvreur introduit de la simplicité et de la sensibilité : elle s'interdit des éclats de voix; elle a des tons touchants et une physionomie attendrissante.

Selon Talma, on continue de chanter jusqu'après 1750. Voltaire lui-même a une déclamation solennelle et chantante.

On joue peu : les acteurs regardent le public, rangés en demi-cercle à l'avant-scène.

(*d*) Mme Favart, ici comme pour le costume, est novatrice. Elle cherche la vérité du débit, et complète la diction par la *pantomime*. (Elle a joué la pantomime à la Foire.)

Influences des acteurs anglais, et, ici, surtout de Garrick (Marmontel, art. *Déclamation;* Diderot, *Entretiens sur le Fils naturel; De la poésie dramatique; Journal Encyclopédique*, 15 janv. 1760; Hedgcock, 7699 S.). Il étonne les Français par la vérité de son jeu, et la puissance de sa physionomie.

(*e*) Pour la tragédie française, c'est aussi Mlle Clairon qui commence la réforme : à Bordeaux en 1752, puis à Versailles, dans Roxane et Electre (Marmontel, *Mémoires*).

Le Kain renonce aux « vociférations », et « parle » la tragédie. Cependant il a un jeu toujours chargé; il met trop d'intentions, souligne trop, paraît outré. On loue sa pantomime.

Mais la déclamation tragique demeure trop conventionnelle, ampoulée, ronflante ou furibonde, monotone ou minaudière. (Fournel, 9067, p. 248).

(*f*) Alors vient Talma, qui, plus encore que dans le costume, fait une révolution : il est le Garrick français.

Critiques de Geoffroy (13801; cf. Desgranges, 13802); éloges de Mme de Staël (*Allemagne*, ii, 27) : l'ennemi et l'admirateur se rencontrent dans la description du jeu de Talma.

Il a la « vérité effrayante », la fureur ou la mélancolie; il a la pantomime expressive et puissante; il compose savamment des rôles, et fait saillir le caractère historique ou poétique.

Son jeu colore les pâles tragédies du xviie siècle et de l'Empire; il interprète romantiquement des œuvres classiques.

Selon Mme de Staël, il atteint le naturel et l'énergie sans renoncer à la noblesse; et il combine artistement Shakespeare et Racine.

(*g*) En résumé, après 1750 et de plus en plus : (1)
l'*expression* prend le dessus sur la *dignité*, le *naturel*
sur le *chant;* (2) la pantomime, les jeux muets s'ajoutent à la diction.   Ecrire un rôle n'est plus pour le poète
donner des vers à réciter au tragédien; mais lui indiquer
une action à représenter.   Le poète a, pour s'exprimer,
non plus la voix de l'acteur, mais tout son corps.   Là
où son invention ne dessine pas les attitudes, le tragédien, s'il a du talent, les trouve : il a sa part de création.

Par là, le progrès de l'art du comédien contribue
aussi pour une part à faire passer la tragédie de l'analyse à l'expression pathétique, à l'évocation poétique.

Ainsi de toutes parts la tragédie classique se défait
par le perfectionnement des moyens matériels et du jeu.

TRENTE-SEPTIEME LEÇON

L'ELEMENT TRAGIQUE DANS LE THEATRE FRANÇAIS APRES LA DESTRUCTION DE LA TRAGEDIE. MELODRAME—THEORIE DU DRAME ROMANTIQUE

I. Il ressort des leçons précédentes que le tragique, au sens strict du mot, au sens grec, est accidentel et rare dans la tragédie française.

La tragédie de la Renaissance est tragique de conception : les chefs-d'œuvre manquent.

Corneille organise la tragédie française pour l'intérêt dramatique et l'intérêt psychologique; il tend à éliminer l'impression tragique.

Racine, guidé par les Grecs, la ramène.

Mais, depuis Racine, on la cherche sans la retrouver, et sans bien savoir ce qu'on cherche. On s'éloigne de la tragédie d'analyse; on veut une tragédie pathétique; mais on fait sortir le pathétique de l'intrigue, par des moyens artificiels qui excluent l'impression tragique.

D'*Athalie* à *Hernani*, pas une note pleinement tragique dans la tragédie française.

Peut-être cette rareté du tragique tient-elle à des causes profondes, aux caractères permanents de l'esprit français.

Le nom de tragédie aboli, le tragique ne sera pas plus rare : peut-être sera-t-il moins rare. Le romantisme donne l'essor à la sensibilité, au lyrisme; et tous les

mouvements littéraires du xixe siècle seront d'essence
poétique et artistique, même lorsqu'ils se feront au nom
de la science. Conditions, en somme, plus favorables
à la manifestation du tragique que l'esprit rationaliste
et mondain des xviie et xviiie siècles.

Nous allons rechercher quelle place les formes dramatiques qui ont remplacé la tragédie ont faite à l'élément tragique.

II. Le *mélodrame*.

[No. 13907.]

Les scènes des boulevards.—Bouilly, Pixérécourt,
Caigniez, Ducange, Bouchardy, Maquet, Féval, Félix
Pyat, Anicet Bourgeois, Dennery, etc.
[Nos. 13908-13920, 20269-20292.]
De 1800 à 1830, le mélodrame devance le drame romantique et lui offre des modèles; depuis 1830, tout en
restant fidèle à son essence, il suit le drame en vers,
le théâtre littéraire, et subit l'influence de la succession
des écoles artistiques.

Les sujets sont tirés ou de l'histoire ou des théâtres
étrangers, souvent aussi pris des romans, ou inventés.

Plus d'unités. Attrait des décorations : exotiques et
pittoresques *(Le Belvédère; la Fille de l'exilé);* ou bien
romantiques et pathétiques *(La Chapelle des Bois).*

Mélange des genres : le personnage burlesque, ahuri
ou poltron, jeté à travers l'action.

Accumulation de situations romanesques et de coups
de théâtre, amenés par toute sorte d'artifices et de
moyens : portes secrètes, objets perdus ou volés, espions, coïncidences, méprises ;

et surtout déguisements, incognitos *(l'Homme aux
trois visages; le Belvédère),* qui produisent des reconnaissances.

Le mélodrame reçoit de la tragédie du xviiie siècle et perfectionne l'art de tirer le pathétique de l'intrigue. Il influence fortement le drame romantique, dont il aura formé le public.

Mais, malgré sa vulgarité, le mélodrame a retrouvé parfois la source du tragique. L'émotion morale y a plus de place que la couleur historique. Le cliché commun est l'innocent accusé et le traître puni : exigence de la conscience populaire. (D'où par réaction le cynisme élégant et l'immoralité provocante des dilettantes et des artistes, tels que Mérimée et Gautier.)

Parfois, c'est une volonté humaine, héroïque et chevaleresque, qui sauve l'innocent et démasque le traître. (Les rôles de Mélingue.)

Mais souvent, le salut, la justice viennent d'un faible, d'un ignorant, ou d'un accident surprenant, derrière lesquels apparaît la Providence. La moralité du mélodrame est souvent mystique, et par là le mélodrame reprend une couleur tragique : il redevient vraiment, au sens grec du mot, la *tragédie du peuple*.

III. Les romantiques n'ont pas compris cet aspect du mélodrame. En général, dans leurs théories, ils n'ont pas songé à poser la question du tragique et des moyens de le produire.

Ils ont organisé le drame romantique pour être le contraire de la tragédie, dans tout le détail de sa structure : abolition de la règle des trois unités, et relâchement même de l'unité d'action ; destruction de toutes les bienséances, mépris de la noblesse et de la dignité dans les événements, les caractères et les discours ; mélange des genres, mélange du sublime et du grotesque. Ils cherchent plutôt à présenter les aspects extérieurs et contradictoires de la vie qu'à découvrir le sens profond de la vie.

La grande question de l'époque romantique, Mme de Staël l'a bien vu, est celle de la *tragédie historique*.

Tout le mouvement littéraire depuis 1730, toutes les influences françaises et étrangères, celle de la critique et du roman comme du théâtre, tous les essais de pièces romantiques tentés hors de la scène (19252, 19258, 20202-20220), conduisent au drame historique. Sans doute, par les idées de justice immanente ou divine, et de fatalité, par celle de la disproportion de l'homme à la force mystérieuse qui confond sa sagesse et se joue de sa volonté, l'histoire peut s'éclairer d'un jour mystique, donc tragique. Mais, en général, la curiosité historique est contraire à l'émotion tragique : elle pousse à la manifestation des causes accidentelles, individuelles et locales.

Enfin, de la tragédie et du mélodrame, les romantiques reçoivent la superstition de l'intrigue, et la croyance que l'intensité pathétique dépend de l'emploi des artifices d'intrigue. Ils ne voient pas que par là tous les sujets se réduisent à l'anecdote, au fait divers.

En revanche, un point, dans la théorie romantique, pouvait favoriser la renaissance du tragique : c'est la volonté de donner au drame une portée philosophique.

Cette préoccupation, qui éloigne du drame historique, n'est pas de la première heure : elle est absente de *Cromwell* et de sa *Préface*, absente aussi de *Hernani*.

Mais il y a bien des moyens de concevoir et d'introduire la philosophie au théâtre. Ce n'est que par l'étude des œuvres que l'on pourra voir si la philosophie du drame romantique a été propice ou contraire à la renaissance du tragique.

TRENTE-HUITIEME LEÇON

LE TRAGIQUE DANS LE THEATRE ROMANTIQUE.
HUGO—VIGNY—DUMAS

I. *Hugo*

[Nos. 17490, 17491, etc.]

V. Hugo ne semble pas avoir eu conscience du problème de la conservation ou de la résurrection du tragique; mais son drame a des moments tragiques.

(*a*) Il a été obsédé par l'idée du drame historique et dominé par l'influence du mélodrame.

Il prend, dans le mélodrame, ce qui éloigne le plus du tragique : les artifices de l'intrigue, et l'activité ténébreuse du *traître* (don Ruy Gomez; don Salluste; Guanhumara).

La couleur locale, le détail pittoresque de l'histoire détournent aussi l'esprit de chercher le sens humain du drame.

Mais V. Hugo est un trop grand poète pour s'en tenir aux puériles enluminures de la couleur locale.

Dès *Hernani*, et même déjà dans *Cromwell*, il présente de larges visions épiques où il exprime l'âme, le caractère d'une nation ou d'une époque. (Voir surtout les drames en vers.)

Mais, au lieu de faire servir ce fond épique à encadrer l'image tragique de la destinée humaine, il prétend l'employer à révéler une philosophie morale ou sociale (réhabilitation de la courtisane par l'amour, dans *Marion de Lorme;* persistance des pures affections naturelles chez les êtres les plus corrompus, dans le *Roi s'amuse* et *Lucrèce Borgia;* beauté et grandeur du peuple, égoïsme des classes supérieures, dans *Ruy Blas).* Plus tragique est la loi de la décadence et de l'abaissement de l'humanité, de génération en génération, dans les *Burgraves.* Mais, là et ailleurs, multiplicité fâcheuse d'intentions particulières qui se croisent et se gênent.

La philosophie morale de Hugo a un caractère mystique (duel du bien et du mal dans l'âme humaine et dans l'histoire), d'où pourrait sortir le tragique : et il sort parfois dans la *Légende des Siècles* (Ratbert; l'Aigle du Casque) mieux que dans le théâtre.

Mais l'intrigue mélodramatique résout le conflit mystique en combats humains et en épisodes anecdotiques; et V. Hugo remplace volontiers la Providence par un homme, le justicier, le Paladin,—un d'Artagnan solennel—où il s'incarne. Des idées morales particulières (pardon-vengeance-sacrifice) se substituent à l'idée universelle du tragique de la destinée, pour donner un sens philosophique au drame. Voir, dans les *Burgraves,* comment il appelle fatalité ou Providence de pures volontés humaines.

(*b*) Cependant, le génie lyrique de V. Hugo lui a fait parfois rencontrer le tragique.

Ce lyrisme, où l'on a vu souvent le défaut des drames de V. Hugo, est en réalité ce qui les sauve.

> [Infériorité des drames en prose, purs mélodrames revêtus de style.]

Le tort de V. Hugo a été de ne pas oser s'affranchir de l'intrigue et de la philosophie pour créer un drame essentiellement poétique et lyrique.

S'il ne l'a pas conçu nettement, il s'en est parfois approché. Nombreux thèmes poétiques dans les dra-

mes en vers : 1°, émotions historiques et humanitaires
excitées par les visions épiques ; 2°, chants lyriques sur
les thèmes éternels, *amour, nature, mort.*

C'est parmi ces chants lyriques que l'impression tragique se fait sentir. A travers l'intrigue, et malgré
elle, se dessine dans *Hernani, Marion de Lorme* et
Ruy Blas, le poème éternel de l'amour, le naufrage
du rêve humain trop grand et trop beau pour se réaliser dans les conditions offertes par la vie à la créature humaine.

Etudier particulièrement le IIe acte de *Ruy Blas*,
le Ve de *Marion de Lorme*, le IIe et le Ve de *Hernani*.
Là s'apercevra distinctement le tragique où V. Hugo
arrive par le lyrisme.

II. *Vigny.*

[17642-17646.]

Ne pas s'arrêter à la *Maréchale d'Ancre*, œuvre énorme
et confuse, où les intentions symboliques trop nom-
breuses disparaissent sous le bariolage pittoresque et
les effets de mélodrame.

Chatterton (17592) peut être considéré comme une
pièce à thèse, un drame bourgeois à signification sociale, de la série inaugurée par Diderot et Sedaine.
C'est une revendication pour l'homme de lettres contre
l'indifférence et l'injustice de la société.

Cependant Vigny a vu plus loin ; il est poète, et il
a l'inquiétude métaphysique.

Dans le cas de Chatterton, il ne découvre pas la
nécessité de réformer la société, mais le symbole d'une
loi éternelle et inexorable : l'incompatibilité du génie et
de la foule ; l'impuissance de l'idée à agir directement
sur les faits ; la prédestination de l'inventeur à la per-
sécution, à la raillerie, à la misère.

Loi déjà proclamée dans *Moïse* : solitude fatale des élus de Dieu.

La récompense et le bonheur sont refusés aux plus dignes : loi tragique, en harmonie avec la conception générale de la vie qu'on trouve chez Vigny ; l'humanité est condamnée au malheur, écrasée par une force inexorable ou ironique. Dieu est absent, ou sourd.

Mais Vigny a exprimé cette conception, si essentiellement tragique, par des romans et des poèmes, non par des drames. Il n'en passe qu'un reflet dans *Chatterton*.

III. *Dumas.*

[Nos. 20236-20245 ; 18975.]

Grand enfant qui s'est amusé à la surface de la vie. Lorsqu'à la suite des grands romantiques, il veut exprimer des émotions profondes ou de grandes idées, il est emphatique et puéril.

Son lot, c'est le mélodrame adroit et violent, le drame de cape et d'épée, aux folles aventures, le vaudeville pathétique, et le bariolage pittoresque des scènes historiques. Il ne s'est jamais élevé à une vision tragique de la vie.

Dumas est né trop tôt : c'eût été un merveilleux auteur de scénarios pour *cinéma*.

TRENTE-NEUVIEME LEÇON

LE TRAGIQUE DANS LE THEATRE DE MUSSET

Le théâtre de Musset—sa production des années 1833-1836—est le seul théâtre romantique que le temps n'ait pas atteint, et où l'idée d'un drame poétique soit réalisée harmonieusement.

[Nos. 17706, 17710, 17769.]

I. Musset qui n'écrit pas pour la scène, est libéré de toutes les servitudes et traditions :

des unités (multiples changements de lieu; décousu et incohérence de l'action);

de l'intrigue et de tous les artifices de la pièce « bien faite. »

Indifférent aux moyens, il emploie, en s'en moquant, les procédés du vaudeville et du mélodrame.

L'idée dramatique crée sa forme librement.

II. Cette idée dramatique est toujours essentiellement poétique, lyrique. Elle dérive toujours de la méditation inquiète et passionnée du problème qui a occupé l'intelligence et le cœur de Musset pendant toute sa vie et dans toute son œuvre : le problème de l'amour, gratuit, souverain, irrésistible, qui ravage et qui élève la vie, qui se consomme et s'anéantit dans le plaisir.

La figure changeante de l'amour s'incarne dans plusieurs types de femmes—la coquette, la passionnée, l'ingénue, etc.—où se retrouve toujours l'identité de *l'éternel féminin*, attirant et inquiétant à la fois; et dans deux types d'hommes, le roué et l'amoureux sérieux.

Types sentimentaux, représentant des états de sensibilité vécus ou rêvés par le poète, très différents des « caractères » classiques, mais non moins généraux et humains.

Autour de ces personnages essentiels, sont des figures secondaires modelées par la sympathie ou l'antipathie du poète, et qui incarnent les amis ou les ennemis de l'amour (tendresse et indulgence de quelques mères, sœurs et pères—sottise, bassesse ou mécanisme des maris, soudards, pères ou mères, gardiens de tout ordre des intérêts mesquins ou des conventions sociales).

Dans cette création poétique de symboles sentimentaux, Musset a de vives intuitions psychologiques, un sens fin et juste des réalités morales : solidité des figures qu'il dessine.

III. L'idée dramatique crée le décor, le milieu, les assortit à l'action, sans souci de réalité exacte ni de vérité historique (*Lorenzaccio* excepté).

C'est une loi d'analogie sentimentale qui place *Fantasio* en Allemagne, *André del Sarto* et les *Caprices de Marianne* dans l'Italie de la Renaissance, *On ne badine pas avec l'amour* dans un xviiie siècle attendri tout irréel et légendaire, *Il ne faut jurer de rien* quelque part dans la France bourgeoise et romantique de 1835.

Le décor traduit et manifeste la couleur poétique du sujet.

IV. L'action ne consiste qu'à forcer les âmes des personnages à projeter hors d'elles le sentiment qui les constitue : en conversations ou en actions, peu importe. Tout est action, du point de vue de la vie intérieure; et ceci est tout à fait classique.

Nul souci d'enchaîner les manifestations (ni les scènes) : il suffit que toute sorte du fond des âmes, et se
ramène à l'idée génératrice de la pièce. L'action est
rayonnante, non rectiligne.

Par là, Musset retrouve l'unité, l'unité vraie et profonde. La progression dramatique aussi, lorsqu'il conduit ses personnages de l'état d'ignorance ou d'inconscience à l'état de connaissance—connaissance de la réalité de leur cœur et de sa destinée, qui souvent ne se
révèlent à eux que dans le malheur définitif.

Ainsi, par une voie opposée, Musset ressaisit quelques unes des beautés de l'art classique.

V. Dans cette structure de l'œuvre dramatique, où est
la place du tragique ? Ecarter les pièces qui sont des
comédies (n'y aurait-il pas pourtant quelques gouttes
de tragique dans *Fantasio?*) il reste quatre drames à
dénouement douloureux, *André del Sarto*, les *Caprices
de Marianne*, *On ne badine pas avec l'amour*, et *Lorenzaccio :* trois drames d'amour, un drame historique et
philosophique.

Dans les drames d'amour, Musset peint un amour
tragique : la fatalité intérieure de la passion, l'ironie
arbitraire et irrationnelle de sa distribution, la misère
et la grandeur que la loi de l'amour apporte à la créature humaine.

Analyse d'*André del Sarto :* la destruction de tous
les sentiments de moralité, de devoir, d'amitié, par la
force orageuse et souveraine de l'amour.

Analyse des *Caprices de Marianne :* les contradictions du cœur féminin, la cruauté de l'indifférence
amoureuse ailleurs, et qui ne voit pas, à ses pieds,
l'amour vrai, absolu, éternel.

Analyse de *On ne badine pas avec l'amour :* la force
mystérieuse qui dispose des cœurs malgré eux ; le dan-
ger de résister à la vie, de s'en défier, de ne pas ac-

cepter humblement la loi de l'amour ; la beauté du sentiment infini dans la créature d'un jour.

A travers ces images de l'amour, s'exprime une vue frémissante de l'ignorance et de l'infirmité de la misérable humanité, qui rapproche ce théâtre de la tragédie grecque.

VI. *Lorenzaccio :* drame historique puissant, tableau de la décadence florentine, curieusement extrait des chroniqueurs et historiens, mais image aussi de l'avortement d'une révolution, inspirée par le sens de la vie contemporaine, par l'observation curieuse des suites de la Révolution de 1830. La France de Louis-Philippe apparaît sans cesse à travers la Florence des Médicis.

Mais il y a de plus dans le drame, par le personnage de Lorenzaccio, un symbole philosophique et une signification tragique.

Musset a modifié le personnage historique pour y loger sa propre image, ses regrets, ses rêves, la condamnation qu'il portait sur lui-même et sa vie gaspillée.

Lorenzaccio a un but héroïque, qu'il poursuit par des moyens dégradants dont l'effet est de lui ôter la foi dans son entreprise. Il l'accomplit pourtant, parce que le rêve auquel il ne croit plus, est sa seule raison d'être, et la seule chose qui le relève à ses yeux.

Et l'acte accompli est inutile. Florence ne veut pas de la liberté, n'en est pas digne. La tyrannie se retrouve plus forte après la tentative de Lorenzaccio.

Voilà le tragique de cette vie : tomber si bas pour avoir rêvé de monter si haut ; sacrifier tout, même son âme, à une idée en laquelle on n'a plus foi ; agir, et par l'action atteindre le résultat contraire à celui qu'on cherchait.

Lorenzaccio a voulu s'élever au-dessus de l'homme. Il a été déçu dans son aspiration à l'héroïsme, et dans sa prétention de dominer les fatalités historiques.

QUARANTIEME LEÇON

DU ROMANTISME AU SYMBOLISME

(1840-1885)

I. Dans la réaction contre le romantisme, la disparition du tragique accompagne l'élimination de la poésie.

[*Manuel*, 5ᵉ Partie, ch. XVI, 5-7 ; ch. XVII, 1-5.]

Prosaïsme essentiel de Ponsard.

Prosaïsme de la comédie moralisante et sociale du second Empire : Augier, Dumas fils. Vagues possibilités tragiques dans le mysticisme apocalyptique de Dumas fils : réalisation très médiocre et incomplète.

Quelque imagination des sujets tragiques chez Sardou *(La Haine; Daniel Rochat)*; mais l'insuffisance du sentiment artistique et poétique fait toujours retomber cet auteur dans les artifices du mélodrame et du vaudeville et dans les effets de mise en scène.

Deux pièces poétiques, dans cette période, contiennent du tragique :

Les *Erinnyes* de Leconte de Lisle (1873).

[No. 18303.]

L'*Arlésienne* de Daudet (1872).

[No. 19680.]

II. Le tragique se retrouverait dans la poésie, dans les formes épiques de l'inspiration poétique.

A côté de Victor Hugo *(Légende des siècles)*, Leconte de Lisle, dans sa vision pessimiste et mystiquement positive de l'histoire de l'humanité;

et çà et là, Hérédia, dans ses sonnets.

Mais la tendance scientifique et réaliste de la poésie parnassienne l'éloigne en général du sentiment tragique.

III. Il faudrait aussi rechercher les traces et les manifestations du tragique dans les nouvelles de Stendhal et de Mérimée;

pourquoi George Sand est peu tragique;

pourquoi Balzac l'est fréquemment et puissamment (tragique de la fatalité intérieure, des passions monstrueuses; tragique de la fatalité extérieure, des situations effroyables).

Donner un regard à Barbey d'Aurevilly.

Dans les romanciers de l'époque suivante, impressionnistes et naturalistes, le tragique se rencontre en proportion de la puissance poétique et lyrique, mais il est plus ou moins étouffé par la technique réaliste. (Etudier à ce point de vue Flaubert, les Goncourt, Daudet, Zola, Maupassant, Bourget.)

L'élément tragique dans l'inspiration romantique de Loti.

Pourquoi Anatole France—poète, artiste, helléniste —est-il pourtant peu tragique?

IV. Vers 1880, le triomphe du théâtre réaliste semble exclure le tragique de la scène.

Cependant il y a plus de tragique dans le 1er acte et dans le dénouement des *Corbeaux* de Becque que dans tout Augier et Dumas fils. Pourquoi?

QUARANTE-ET-UNIEME LEÇON

LE TRAGIQUE DANS LA LITTERATURE ET LE THEATRE CONTEMPORAINS

(1885-1925)

I. Le *mouvement symboliste*, étant une réaction poétique et mystique contre le réalisme et la science, est favorable à la manifestation du tragique.

Parmi les précurseurs du symbolisme, Villiers de l'Isle Adam a recherché l'émotion tragique, soit sous les ternes apparences de la vie bourgeoise (*La Révolte*, 1870, no. 18611), soit dans les cas extraordinaires de passion ou de malheur (*Contes cruels*, etc., 18613-18615).

Parmi les poètes symbolistes, Verhaeren est celui qui a la vision la plus tragique de la vie, soit individuelle, soit collective, même lorsqu'il est réconcilié avec la nature et avec les conditions de l'existence et du progrès de l'humanité. (18795-18826).

A côté du symbolisme, tragique intense de la poésie d'Angellier (sonnets à *l'Amie perdue*, 18840; certaines parties de *Dans la lumière antique*, 18842).

II. Du côté du roman, l'influence du roman russe (Tolstoï, Dostoievski), n'attendrit pas seulement la dureté du naturalisme français, mais découvre dans la réalité psychologique et sociale des profondeurs mystérieuses d'où sort naturellement l'impression tragique.

Dans le roman français, étudier Rod (des intentions avec une puissance insuffisante de création; 19919-19924); les premiers romans de Paul Margueritte;

M. Barrès (pourquoi n'arrive-t-il guère à l'émotion tragique que dans la *Colline inspirée?*);

Jules Renard (par où *Poil de Carotte* pourrait être tragique, et pourquoi il ne l'est pas; no. 19958);

Ch. L. Philippe (19969-19973); Estaunié (*La vie secrète; Les choses voient*, etc.); E. Clermont *(Laure);* Martin du Gard *(Jean Barois);* etc.

Pourquoi le tragique se rencontre-t-il peut-être plus souvent dans la nouvelle ou le conte que dans le roman?

III. Au théâtre, influence des œuvres étrangères : Tolstoï, la *Puissance des ténèbres*, nos. 16635, 16637), et surtout Ibsen (nos. 16660-16686), et Björnstierne Björnson (16648) font apparaître le tragique de la vie contemporaine, dans la lutte de la conscience contre les forces intérieures ou extérieures, naturelles ou sociales, qui l'oppriment.

Parmi les auteurs français, deux ont recherché particulièrement l'émotion tragique.

MAETERLINCK : dans ses petits drames symboliques et dans *Pelléas* (20520-20523), effort pour isoler et exprimer dans une forme poétique pure, sans mélange de réalité, le tragique essentiel de la vie; parfois pour le faire apparaître dans l'insignifiance du train journalier de la vie.

Monna Vanna et les pièces suivantes (nos. 20528-20529, 20533, 20532.S) retournent à des formules plus communes.

HERVIEU (20499) : sa conception de la *tragédie moderne.* Les sources du tragique dans la vie contemporaine : 1°, la légèreté mondaine; 2°, la loi; 3°, la nature du cœur humain.

Vue philosophique (pour la bonté et l'humanité, contre la force, la raison dure, le droit impitoyable)—et tragique (fatalité, ignorance, infirmité; retour ironique de nos volontés sur nous-mêmes pour nous meurtrir)—de la vie et du développement de la civilisation.

Sens symbolique de *Théroigne de Méricourt*.

Il y a du tragique aussi chez François de Curel (tragique du cœur, les *Fossiles;* le *Coup d'aile;* ou tragique du sort, la *Nouvelle idole*, le *Repas du Lion*); chez Porto-Riche (le *Passé;* le *Vieil homme*, par le rôle d'Augustin); çà et là chez Bataille et Bernstein.

Dans toutes ces pièces (Maeterlinck excepté), le tragique est exprimé de la vie contemporaine à travers des peintures plus ou moins réalistes.

IV. En ces vingt ou vingt-cinq dernières années, essais variés pour créer un théâtre poétique (à la suite de Maeterlinck, ou du théâtre étranger, ou des Grecs). Pourquoi Rostand n'est pas tragique : il y toucherait parfois dans *Chanteclair*.

Sujets historiques : Verhaeren, *Philippe II;* Faramond, *Diane de Poitiers;* R. Rolland (20553 S).

Sujets antiques : Moréas, *Iphigénie* (18735); Verhaeren, *Hélène de Sparte* (18821); Saint Georges de Bouhélier, *Œdipe;* Bernstein, *Judith*.

Sujets contemporains : Saint Georges de Bouhélier, le *Carnaval des enfants.*

PAUL CLAUDEL (23103): effort gigantesque, réussite partielle et fragmentaire; précision et confusion; lumière et obscurité. Comparaisons dantesques. Réalité triviale et caricaturale; mysticisme symbolique et nuageux. Curiosité de l'universel, des essences, des lois suprêmes et profondes, de tout l'insondable et l'infini de la vie et de l'être. Il y a là une grande matière tragique et une haute tension d'âme.

Le tragique dans la première moitié du *Repos du*

septième jour, dans *l'Annonce faite à Marie (la Jeune Fille Violaine)* et dans l'*Otage*.

Conclusion. Inutilité et puérilité des tentatives modernes et contemporaines pour restaurer la tragédie classique dans sa forme traditionnelle.

Liberté de la création, dans les limites de l'art, à la condition de créer poésie et beauté.

Conditions favorables à l'expression du tragique : psychologie de la sensibilité lyrique substituée ou ajoutée à la psychologie de l'énergie active ; admission des forces obscures de la nature et de la destinée dans la conduite du drame ; réaction contre l'abus de l'intrigue et des artifices dramatiques.

Possibilité de deux formes modernes de tragédie :

(*a*) La tragédie pure, produit d'une analyse esthétique qui extrait le tragique de la vie, l'isole, le concentre dans une œuvre toute poétique, légende, épopée, ou vision symbolique ;

(*b*) Le drame tragique, représentation synthétique de la vie dans ses contrastes et sa complexité, qui maintient le tragique latent sous les apparences de la réalité, et le fait éclater par endroits.

L'art ne rétrogradera pas. Ces pièces tragiques seront épiques ou réalistes, et ne renonceront à aucun des moyens d'expression du théâtre antérieur, surtout à aucun des moyens d'expression qui sont propres au théâtre français (mécanisme psychologique ; progression et intérêt dramatiques) ; ni au concours de la mise en scène et de la décoration. Mais elles subordonneront sévèrement tous les moyens d'expression aux fins supérieures de l'art.

Telle paraît être la tendance de l'art contemporain.

Il y aurait lieu, enfin, de rechercher quelles possibilités de tragique sont contenues dans le *cinéma :* on peut l'y concevoir s'offrant soit en éclats sommaires et violents; soit dans une atmosphère diffuse qui enveloppe et pénètre le spectateur. La place que laisse le drame psychologique pourrait être occupée par un spectacle tragique.

Il ne semble pas que ces possibilités aient été encore exploitées.

TABLE DES MATIERES